张执浩——作品　　　　　　　　　　　　　　　　"诗刻"系列

我们对诗歌的评判经常会在两个向度之间游弋：

一是写得好的诗人，一是很重要的诗人。

前者往往低调，沉潜，只依托文本呈现。

本书所选40位诗人，均属于前者，均为真正的诗人。

神的家里全是人

江苏凤凰文艺出版社
JIANGSU PHOENIX LITERATURE AND
ART PUBLISHING, LTD

图书在版编目（CIP）数据

神的家里全是人 / 张执浩著. -- 南京：江苏凤凰文艺出版社，2017.5
ISBN 978-7-5594-0178-6

Ⅰ.①神… Ⅱ.①张… Ⅲ.①随笔—作品集—中国—当代 ②诗集—中国—当代 Ⅳ.①I217.2

中国版本图书馆CIP数据核字（2017）第076795号

书　　　名	神的家里全是人
著　　　者	张执浩
责任编辑	李　黎
出版发行	江苏凤凰文艺出版社
出版社地址	南京市中央路165号，邮编：210009
出版社网址	http://www.jswenyi.com
印　　　刷	南京捷迅印务有限公司
开　　　本	880×1230毫米　1/32
印　　　张	10
字　　　数	185千字
版　　　次	2017年5月第1版　2017年5月第1次印刷
标准书号	ISBN 978-7-5594-0178-6
定　　　价	40.00元

（江苏凤凰文艺版图书凡印刷、装订错误可随时向承印厂调换）

目 录 /

/ 001　　**易羊**：我是否还会重返人间

/ 007　　**陈小三**：孤独的人并不孤单

/ 014　　**魔头贝贝**：让我们来数数锯齿

/ 022　　**宋雨**：阿勒泰下雪了

/ 030　　**冷眼**：再也没有什么可输的了

/ 040　　**毛子**：急需更多的鸡蛋去碰石头

/ 050　　**李志勇**：在心里默写自己的著作

/ 059　　**巫昂**：创作不应受到限制

/ 068　　**弥赛亚**：查无此人

/ 076　　**苏浅**：所有旧时光证明我们活过

/ 084　　**周公度**：为什么没有人给我写信

/ 091　　**吕约**：诗歌不知道自己已经死了

/ 099　　**黄沙子**：这是我们最后一次的乔迁之喜

/ 107　　**唐果**：亲爱的蜜蜂先生

/ 114　　**曹五木**：将如此荒谬的三言两语留在人间

/ 122　　**槐树**：给石头浇水的人

/ 131　　**君儿**：一念专注就是永恒

/ 140　　**刘川**：衣服们，你们这是去哪儿

/ 148　　**雪女**：谨慎维护着对成人世界的热忱

/ 155　　**剑男**：悲伤的少年一直睡到了初阳升起

/ 162　　**羽微微**：美好的事物都是慢慢开始的

/ 169　　**商略**：最好的生活，是我们可以不看到人

/ 176　　**衣米一**：小心我会反着来

/ 184　　**西娃**：我把自己分成碎片发你

/ 193　　**横**：蹲在尘埃上的人

/ 200　　**懒懒**：将掏出来的匕首又放了回去

/ 208　　**刘年**：风吹铁管的声音

/ 216　　**叶辉**：生活就是一个幻觉

/ 223　**莱耳**：只和你谈论美好的事物

/ 230　**川上**：安静的悲喜

/ 238　**李南**：我还有这深情又饶舌的歌喉

/ 245　**章凯**：重要的是，我还有可以抛弃的东西

/ 252　**宇舒**：在我空虚的邮箱里等着你

/ 260　**艾先**：虚胖的脸上还隐约有着少年的五官

/ 267　**袁玮**：一大群袁玮

/ 277　**胡翠南**：我不知道风在往哪里吹

/ 283　**黑光**：铅笔虽长，也有写短的时候

/ 290　**玉上烟**：我相信翅膀一定划破了空气

/ 298　**舒丹丹**：巨大的美和安详将你俘获

/ 306　**张二棍**：把去年的棺木再漆一遍

/ 314　**后记**

易羊：我是否还会重返人间

这些年来，我只为一个人写过三首以上的"献诗"。沉痛的时候我写："你已不要人间／我亦不堪烟火"（《今天开白花》）；伤感时我写："我们坐在树下／谈一谈消逝／谈一谈久别重逢"（《我的土豆树》）。这个反复出没在我诗歌里的人名叫：易羊。

认识易羊的时候，她还是一个怯生生的女孩子，刚从大学里毕业不久，在本市的一家文化馆上班。我记得她是一天中午（午饭刚过那会儿）来到我居住的筒子楼里的，斑驳暗淡的光线下，一张美丽恬静的面容，未及开言脸先红透。那时候，我还在她曾经的母校武汉音乐学院担任教员，像所有小有名气却又受困于繁杂的日常生活的文学青年一样，对陌生同道的来访既抱有莫名的欣喜，又有些不知所措。在一番简单的自我介绍后，易羊留下一叠手稿，之后飘然而逝了。多年过去，我已经回忆不起那叠手稿的具体内容，但我清楚，我们之间的交往就是从那叠手稿开始的。

一个人之所以走上文学写作之路真是一桩值得考究的事情。我时常会想到古代的那些文人骚客，他们独自面对旷野孤灯，书写内心世界里的百感交集，然后，突然有一天心血来潮，决定带着这些片言只语出门去寻找另外一个与他处境类似的人。他们乘舟楫，坐驴车，天南地北，四处游走，只为了一个目的：同气相求。文学的伟大之处也许就在这里，它在塑造我们自己的同时,也为我们塑造了这样一个或一群精神伴侣,让我们在茫茫时空中相互靠近,彼此接纳。易羊找到我的那天,对于她个人来讲究竟意味着什么?这个问题一直到她生命即将终结时依然悬而未决。至今我依然记得那天我去汉口协和医院探望的情形,坐在她的病榻旁,听她用幽幽的语调回忆着自己的这一生。按照她的说法:我这一辈子充满了遗憾,但幸亏有文学,幸亏有音乐,幸好遇见了你。而我当时本能的反应却是:懊恼,与悔恨。这不难理解,对于任何一位像易羊这般美丽聪慧而性情孤僻的女孩子来讲,文学能给予她的与生活所给予她往往成反比,也就是说,她若是在文学世界中陷得越深,那么,她在现实生活中得到的很有可能就越少。而我的悔恨基于,这些年来,在将她逐步拽进文学这口泥潭深渊的同时,没有能够在生活上予以她更好的关照,或者说,作为她精神世界中能够有所倚靠的兄长,没有能够真正尽到义务。

"在死亡到来之前,/我学会爱了吗?"(《今生》)当易羊试图这样扪心自省的时候,一场无边无际的夜幕已经拉开。

易羊是我接触过的写作者中最近似于艾米莉·迪金森的人,几乎雷同的生活和情感经历,同样过着足不出户的日子,甚至连气质都非常接近。我曾去过几次她位于青山铁四院的那间外墙上覆满爬墙虎的小屋,也吃过她亲手做的素食,简易的家具,素雅的色调,不像是一位妙曼女子的生活现场,更像是一座清修之地。易羊就终日在这里读书,写字,听京剧,养花,种草……窗台上的水仙花开了,那是她喜形于色的理由;一只小鸟在外栅栏上探头探脑,那是她欣悦的原因。土豆、胡萝卜、西红柿是她房间里的常客,她给它们一一取上好听的名字,让它们欢天喜地地活在她的童话寓言世界。易羊曾经在她楼后的小院里养过一只羊,我多次听她讲述过她与那只小羊相处的故事,越听越觉得现世恍惚,迷离;她还向我讲述过一只出没于她房间里的老鼠的故事,她视它为可怜又忠诚的邻居……有一天她来我家,看见花盆里有一颗被我扔弃的土豆长成了一棵又高又大的"树",

她开心极了，回家写了一篇给我女儿的童话：《顶儿的土豆树》。在易羊那里，人间是可以被无限放大的，而个人是应该被无限缩小的。因循着这样一种观念，她的写作几等于喃喃自语，充满了自持、善意和怜爱。她每天像土拨鼠一样从幽深的地下掩体里钻出来，在空旷的原野上欢快地舞蹈一番，又匆匆返回掩体内，留给我们的只是一段幻象。

诗人的特别之处就在于，她（他）可以以诗立世，也可以以人成诗，当她（他）以诗一般的方式存活在这个世上时，即便她（他）不写诗，我们也会认定她（他）其实就是一个诗人。易羊就是这样一个人，她读诗，诵诗，唱诗，直到她在人世的最后那段光阴里才拿起笔来：写诗。

"我写的是诗吗？"当易羊躺在那张逼仄的病床上，一字一句将她的内心世界以遗言的方式录在手机屏幕上，当她把这些分行文字发给我时，仍然在这样怯怯地发问。当然是诗，我不相信任何读过这首《霓裳》的人会对易羊的诗人身份和才华产生丝毫怀疑，无论你曾经有过什么样的经历，遭受过怎样的困厄，无论你有多么高深的诗歌修为和观念，但在面对这种直抵人心的语言时，都有和我一样相似的脆弱和怜惜：

"等这些衣裳穿完了，/冬天就来了，/等这些布用完了，/我就会死去。/冬天更需要美丽的衣裳，/而死亡，/是在喜悦中/回家。"

回家——这是一个多么揪心的词语，我们锦衣夜行，我们衣锦还乡，我们向死而生，我们视死如归，只是为了回到这样一个原点。而真正的问题却是，你将带着怎样的表情走在这样一条路上。

易羊的表情是喜悦的，即便是在她经受了无休止的病痛折磨之后，她仍然倔强地仰起了那张纯真而无辜的脸。作为离她最近的朋友之一，我有幸见到过这张始终洋溢着热忱和美好的脸庞。这是一张怎样的面容啊？在易羊离开八年之后，我又一次在脑海里反复搜索，在电脑里四处翻找她的音容笑貌，奇怪是，除了惟一一张在我作品讨论会（2004年）上的集体大合影照之外，我居然没有找到一张她的个人照片。最后，我不得不委托我的朋友用电脑技术将她从人群中抠出来，做出了这样一张照片：易羊站在茫茫无垠的旷野里，背后是一栋农舍，附近有水塘，石碾和牧羊人。她依旧那么恬静，纯洁，乌云在她背后的天空中翻滚，从八年前一直翻涌到了眼前：

"死去的人在坟墓里，／活着的人，／离死亡很远。／我转过身去，／蓦然看到／地上的影子，／家乡、亲人和我的今生，／犹如这地上的影像，／更如同／梦里的情形。／在死亡到来之前，我学会爱了吗？／因为我不能确定，／我是否还会重返人间。"（《今生》）

终于轮到我来诵读你的诗句了。

我将一遍一遍诵读你留在人间的片言只语，直到我能肯定，你又重返了人间。

附：易羊诗选

易羊，1969年生于湖北十堰，毕业于武汉音乐学院，曾在文化部门工作，著有《童年时遇见你》《可爱的家》等作品。2007年身患绝症，翌年春天失踪。

霓裳

等这些衣裳穿完了，
冬天就来了，
等这些布用完了，
我就会死去。
冬天更需要美丽的衣裳，
而死亡，

是在喜悦中

回家。

自语

如果你爱我,

我在这里。

如果你离开,

我在这里。

不要哭泣,

我对一朵花儿说,

时间是个匆匆的过客,

鸟儿将会在春天里飞回来。

不要哭泣,

我对自己说。

今生

失败的逃亡,

一次又一次,从很久以前就开始了,

像候鸟的迁徙。

难道我不是已经失败了吗?

犹如我的一生,

从一开始,就注定了不会胜利。

于是,我回到这里,

最后一次,

在逃亡之前。
死去的人在坟墓里，
活着的人，
离死亡很远。
我转过身去，
蓦然看到
地上的影子，
家乡、亲人和我的今生，
犹如这地上的影像，
更如同
梦里的情形。
在死亡到来之前，
我学会爱了吗？
因为我不能确定，
我是否还会
重返人间。

陈小三：孤独的人并不孤单

陈小三可能是我阅读经验中所见到的最擅长写孤独感的诗人之一，早年他曾经写过一首广为流传的小诗，题目叫《一个人去游泳》："一个人去游泳，像投河，倒过来，一个人去投河，像游泳。太孤独。"他还写过另外一首小诗："我拔下一根白发／在手中变黑／／我孤独得像一根鸡巴。"（《今年在海滨》）从我零星搜集阅读到的他的诗篇里，不难看出，这是一个对孤独，尤其是人群中的孤独感，有着非常独特而敏锐感受力的诗人，他的体验不仅独到，而且有能力将这种切肤之痛用诗歌的语言准确地表现出来。陈小三的大量诗作都径直指向了这样一个核心词根：孤独。因此，即使你从来没有见过他，也能将这个诗人的情貌大致描绘出来：内敛，腼腆，甚至多少有些木讷。

几年前，我曾为他给一家刊物写过一段推荐语，直言不讳地说，陈小三是我在当今诗坛最想见面的人。然而，这个愿望一直延宕到了今年夏天才得以实现：我们一行武汉诗人朋友去西藏采风，从林芝漫游到珠峰，在盘桓拉萨期间，顺便把他叫了出来。果不其然，小三的形象与我心目中想象的模样并无二致，"夏日盛大，人民一身短打"。这个有着民工长相和装束的诗人，在拘谨中活泼，在活泼中又收敛自如。我们在星空下喝酒，偶尔抬头看一眼正在夜空中翻滚的云层，彼此脸庞前萦绕着不散的烟雾，内心中不由得充满了"何况见面如此欢喜"（贺中语）的愉悦。是的，真正优秀的诗人是不会将语言视为生活掩体的，他一定会用语言呈现出真实的自我，将那个混沌的"我"尽可能澄澈地呈示在世人眼前。

在本世纪头十年风起云涌的网络诗歌大潮中，陈小三以"一个人去游泳"的姿势出没于他所熟悉和信任的水域——那些浪涛汹涌的网站、论坛，虽然有效地避免了被淹没的命运，但挥之不去的孤独感依旧如影相伴。我最早读到他的诗时他叫"巫嘎"，等到回来收到他诗集时，他正式确定自己为"陈小三"，我知道这都不是他的真名，即便如此，也并不影响我对他始终如一的印象。从巫嘎到陈小三，从清流到三明、福州，再到山东，最后落脚在布达拉宫脚下，这位诗人总给人一种凄惶仓皇的形象，正如他一边咏叹着"人生如寄，山东山西"这样的"金句"，一边在漂泊颠沛中回望他的出生地——那个位于武夷山南侧的名叫"谢地"的闽西老家。他将注定在眷念与不舍中与故土渐行渐远，按照他的自述，这个"不会修理汽车、也不关心汽车"的县运输公司的小职员，在激烈的企业改制过程中，所面对的命运已经昭然若揭。

如今，陈小三以一个"暂居者"的身份在拉萨已经生活了八年，看样子还会生活下去。在离天空最近的地方，他拥有了一间租来的院落，一位贤淑的妻子。他在院子里种草伺花，养狗，看云，听转经筒在不远处发出的咿呀之声；他四处收购旧书，然后兜售那些淘来的书籍。他说，他已经很久不写诗了，而"长久不写作的后果是／没有什么后果／……长久不写作的后果是初夏来临"。尽管他一再说自己没有写作了，但这则《日记》还是暴露了他作为一个诗人的雄心，即，如果没有写作来延缓和抵挡时光的流逝，生命的意义将何以依附？我当然理解他眼下的惶恐和焦虑，但我更明白，正是这样一种无法排解的焦躁不安感会催逼着他重新拿起笔来，继续与溢满的时光纠缠不休下去。

就在前不久，我在微信上读到了他的一首长诗近作：《妈妈，我……》，读罢感慨莫名。我们曾经熟悉的那个诗人终于披星戴月地回来了：

"那满天的星星／一颗一颗，站着，排列着，闪烁着／像是单独的诉说，又像是合唱／它们有点凉，有点冷／我跑着，跑着，星星变得暖和了／我想起您教唱的歌谣：天上星……／妈妈，它们像您的眼神，像鼓励，含泪的笑／也像叹息"。

这首缠绵悱恻的诗歌用一种叙述的口吻，将他几十年的人生经历和盘托出，保持了陈小三一以贯之的简约明快的抒情风格，但语言更加结实，情绪也更加饱满。我想，这一切都拜生活所赐，曾经被生活拿走的，生活也将在日后加倍地还回来。陈小三曾经为亡母写过许多诗歌，如果将这首诗与他十年前写下的那首《母亲》（"春，某夜。在镜子里抽烟／独饮／／看见地球上坐着母亲"）相比，就能一眼看出，时光是怎样将一个诗人由体味孤独的人变成为孤独的承受者（甚至是享受者）的。孤独从来就不是一件可耻的事情，真正可耻的是你已经丧失了正视孤独的能力，失去了容纳孤独的怀抱。

"我还有一个纯洁的暑假要和你一起过完"，这闪烁着青春的汗珠与泪水的诗句，再也不会出现在陈小三的笔下了，但这样能反复唤醒我们身心的纯洁的情感，即便放在今天来读依然能激动人心。如果你一定要以"春风十里，不如你"——这种前言不搭后语的粗鄙之语——来衡量当代汉语诗歌的高度，那么，我们可以说，已经写出了无数"金句"的陈小三早就足以从珠峰俯视人间的了，如其所言："我向下指，谢天地是整个山下"。然而，我们谦卑的诗人总能清醒地认识到，诗歌并不是一两句话能解决的事情（哪怕再多的"金句"也不管用），诗歌是诗人用持之以恒的耐心，和日臻纯熟的技艺给心灵建造的一座家园，大或者小，茅棚还是黄金屋，都不重要，重要的是，她必须依赖一个又一个结实的词语来砌筑，她要求这些词语必须严丝合缝，形成强大的精神咬合力，惟有如此，这家园才能遮风避雨，才能发出游子回家的呼唤。

附：陈小三诗选

陈小三，原名陈先旺，曾用名巫嘎。1972年11月生于福建清流。作品散见《后天》《赶路》《平行》《诗歌现场》《天涯》《芙蓉》《汉诗》等诗歌刊物。著有诗集《交谊舞》。现居拉萨。

月亮高挂

今夜月亮高挂
影响了我
让我不知道做什么事是合适的
月亮
它不是人间的东西
却照着人间

你出门它就直接照在你头上

挖

街上又在挖，挖出一堆泥和树叶
挖开坚硬的水泥板，挖
挖，挖出战壕
光着上身的工人们像是战士
挖，挖出地道
他们想要从中遁回农村？

挖了，现在他们埋

埋入粗大的电缆，埋入无尽的电波

埋入水管，埋入煤气

埋入聋人的听力，滔滔不绝的嘴唇

埋入我和你所依靠的一切——

循环封闭的血液和孤独

好了，现在盖上挖出的泥土和树叶

铺上水泥或磁砖，一切恢复原样

扛走铲子、锤子、锄头，工人们出现另外一条街上

交谊舞

上次是和上官

昨晚与小敏在江滨走

停下来看老头老太跳交谊舞

1234，2234

慢慢，快快

有时笨拙，有时空洞

他们因老了而幸福

我们因年轻而悲伤

他们因老了而牵手

我们因年轻而分开

哦，夏日盛大，人民一身短打

混浊的星空出汗

对岸的火车拉着一车灯火

那青春的行刑队

我的暑假

那些白云、那些牛马,牛马般幸福
刍狗般幸福
后山上的灌木、藤蔓、青草和小乳头似的绿色果实
疯狂地纠缠,结实,生涩
蝉鸣般的暴力,青草般的情欲
太阳毒辣的红眼,盯着背上结盐粒的人民
那些有罪的人民
啊,让我爱上赤道正午天空高远
白云轻
让我爱上漆黑的夜晚,瓶中之水和旋转的星光

我还有一个纯洁的暑假要和你一起过完

清明

清明是一个节日
悼亡,伤生

一个节气
杜鹃花开

上午或下午,偶尔恍惚

脚下的水泥在反对你

仇恨并不神秘
神秘的是爱

谢地省

有时,我想起谢地,就像是指认一个省。
或者是这样:
西藏在山顶,
我往下指,谢地是整个山下。

魔头贝贝：让我们来数数锯齿

魔头贝贝是一个早慧的诗人，如果要我说在当代活着的汉语诗人中哪些人最具天才资质，他无疑算是一个。这个人究竟是怎样突然闯进诗坛的，我和身边的朋友们曾在一起私下谈论过，但大多语焉不详。我只记得，十多年前一个夏日的正午，他从南阳辗转潜江来到武汉，一帮诗人在我家附近的首义园小聚，那是我第一次见到他，矮小的他，瘦弱的他，脖子上搭了条汗巾的他，时不时拈起兰花指喝酒的他……这个人显然是一个好酒之徒，醉前恭敬（声称，中学时抄写过我的诗；后来为了证明此话不假，他还专门用手机拍了照片，将抄录过的那些诗作发给我），醉后不可一世。我对他的印象就停顿在那年夏天，那条散发着酒味的毛巾上。此后，他又多次来过武汉，照样是喝酒醉酒，然后胡言乱语一番之后离去——一如这年月大多诗人的聚会一般，来之前呼朋唤友，壮怀激烈，走之时悄无声息，甚或歉疚万分。好在多年来我一直在跟踪阅读他的作品，了解他的脾性，在我主持的刊物上反复推荐他的诗作，对他各阶段的写作都有认知。有一段时间，"魔头贝贝先生"非常热衷于给我打电话，而且大都选择在我午后假寐的间隙，显然他又喝酒了，絮絮叨叨，谈他的生活和写作，憧憬与抱负，一次又一次想象着那些他不可能赢得的"大奖"（唉，谁会把大奖颁给这样一位天才呢），并承诺他将带着奖金来武汉请我喝酒……

这就是魔头贝贝,一个酒徒,一个国有企业的工厂看门人,他在人世间的全部才华只能付诸于一张张轻薄的纸,而那些刻骨铭心的片言只语有如命运的符咒,只会向人群中的有缘人展示。而这正是一个天才在这个时代理所当然的命运,暗合了这个时代的全部征兆,没有什么公正或不公之言,只有默默地承担,如同他在诗中所说:"魔头贝贝是我全部的人/在他里面静静地锯"。

魔头贝贝的诗总体是向内的,常常呈现出一种自戕的暴力倾向,孤绝,幽冷,擅长从日常生活里发掘出突兀的意象,并用巧妙的语言结构将生硬的意象拼接成美妙的图景。他的许多诗歌中都会出现"空酒瓶",一溜空酒瓶摆放在清凉的月光下,炙热的是胸腔,迷离的是人世。所以,我们在阅读魔头贝贝的作品时,经常会遇到他在诗行间所设置的对峙情绪,让词语在冲突中激活,释放出始料不及的能量。譬如,他这样写:"我杀鸡/听它们绝望的咯咯。美味/旅行摆脱了肠道/就从肛门回到土中/在那里获得新生,碧绿"(《溃烂》);譬如,"黑暗中有一把/打开白天的钥匙。/日光强烈/雨滴细微。"(《生日之诗》)……类似的对立情绪在他早年的诗中比比皆是,尖锐是他的一面,温情或对温情的渴望是他另外一面。我们很容易从他的诗中窥见他志忑不宁的生活经历:牢狱,贫困,孤单,躁动与狂喜,这些死死按着他单薄身躯的东西,贯穿在他的整个少年直至整个青年时代,他挣扎过,放弃了,然后又蓄积力量继续挣扎,在反复的抓挠中他很幸运地抓住一支笔,然后他将这些伤害过他的东西记录了下来。

成就一个写作者的无外乎是两种东西:生活经历与人生经验,前者需要你用肉身去穿越,后者需要你具有"一只强大的胃",去吸纳,去消化,然后从中提炼出你对生活的态度和你的审美眼光。魔头贝贝写过许多惊心动魄的诗句,在我看来,他的诗之所以有一刀致命的效果,除却他已然拉开了那种近乎于"背水一战"的姿势外,还有一点在于,他对当代汉语言有一种与生俱来的信任感,即,那种无需选择和掂量,拿来就能使用的信任感，这其实是一种能力，诗人只需用内力去激活这些沉睡的词汇，就能让它们通过绝妙的组合产生出导电的效果，而无需采用别的奇技淫巧。魔头贝贝的语言看似简单，但丰富的内核与他的身心高度统一，因此，他的诗既能有一种鲜活的在场感，又能让读者在疏离之余反躬自省，余味无穷。

魔头贝贝早年写过一首题为《在旅馆》的诗，将近50行，这样的体量在他早期的写作中并不多见（他更热衷于在20行以内解决问题），这首诗描述了他某次出游下榻旅馆的经历，字里行间满是辛酸，大量的铺排，跳荡的名词，突如其来的动宾组合："……高大搂着矮小，强迫的匕首针对羞涩的钱。/你搂着我。你越来越远。/似乎在犹疑，闪烁的香烟。"我在阅读这首诗的时候仿佛真真切切看见了诗人的模样：局促的肉身在无边无际的夜色里翻滚，疲倦又兴奋。而在另外一首体量更为庞大的长诗《里面有众生的自画像：献给我的兄长大头鸭鸭》里，他几乎将自己成长的历程袒露无遗，最后，他说："我想哭是因为/我不再吃惊"。是的，奇迹不会出现，再也没有比这样屈辱地活着更让人感觉惊奇的事了，而无论如何，我们的诗人都已经活到了不再有吃惊的年龄，这究竟是幸事还是不幸？

最近几年，魔头贝贝埋头书写"经"系列，烛光，转经筒，大悲咒……无边的佛法，无尽的苦海，无力的挣扎（挣扎依旧），我读过也编发过这批作品中的一部分，就在新近出版的《汉诗·鹧鸪天》上还编发了他一组，其中有一首《无门经》，他写道：

"昨天下午散步老母亲问：儿啊，你是不是等我百年之后/就出家当和尚？我不语。我暂时还贪酒、好色，每个月总有那么一刻，泪流满面。"

这是诗人对他目前生活的自我写照。

月光明亮，锯齿依然闪着寒光，拉锯的声音让周边的树木时刻保持着警醒。

附：魔头贝贝诗选

魔头贝贝：本名钱大全，1973年农历5月12日生于南阳卧龙岗；祖籍安徽安庆枞阳县。现在河南南阳油田某单位看大门。1988年开始写诗，中途辍笔，2001年触网后重新开始写作。曾参加过诗刊社第29届青春诗会。

月夜

幽幽的鱼塘我
扔下一把青草

这多么像一盒
微微开启的罐头

里面的肉
被惊醒
颤动

魔头贝贝先生
在替我散步

相见欢

已经很久没有听见
清晨的鸟叫

光照在脸上
仿佛喜欢的人
来到身边

如梦令

身体的大厅空空荡荡。
然后你手持
百合花进来。
流水边幽暗的树影
你微微闭着眼睛。

然后我们回到
各自深陷其中的琐碎。
依旧是
万家灯火的孤独。
有一个怀抱
始终在周围敞开。

有所思

竹林里我喜欢你唇边
淡淡的绒毛。
在我们外面
漂浮着惊恐和混乱。

一粒星球
两个身体。
第一次我感到
人可以这样靠近。

秋风辞

狭窄的蜿蜒通向宽阔的路面。
峭壁进入云端。
我不喜欢
我的身体在我
满足的时候。猫耳朵和马齿苋。

磨损的脸庞。公交车内
拥挤的扁平热情。
左边的疯狂。往右半步
是被践踏的声音。我不喜欢我
葬礼中无法手淫的身体。

厕所与饭店。腐烂的池塘里
红白的莲花。
那儿鱼自由因为遮蔽。
我喜欢他们的灵活。嘴唇上
可能的钩子不可抗拒。

寒流

把刀插进刀鞘就像
把我放回肉体里。表面的平静。
活着的人,有的还在争取,有的
已完全放弃。

夜晚来了。天
又黑了。虽然夜晚终将过去。
我在守卫:我在写诗。
星空辽阔,毫无意义。

破晓时分

一根白发。
拔下来
作为书签。作为寒冷的证据
雪花中儿童在笑闹,双手呈现紫色。

一把匕首。
猛烈的捅
化为进餐时安静的割。青春
像脚边丢弃的骨头。

我没料到我变成了我们。
一群围观者

一个被碾压过的人。掩埋之际
突然的嚎啕。

是

农历五月十二
是我的生日。
一首正在写着的诗是我的身心正在被处理；
发情的力量，果断的勇气。
魔头贝贝是我全部的人
在他里面静静地锯。

宋雨：阿勒泰下雪了

我认识宋雨的时候，她还叫麦朵，也许她还有另外的名字，但一直没有确定该用哪个符号为她的诗歌正式贴上标签。这是网络写手们的共同特点，开始的时候显得模糊、犹疑，直到标签落定，才慢慢变得清晰起来。就叫宋雨吧，记得当时我这样提醒过她。随后，我读了她传给我的大量的文字。严格说来，我读到她的时候，她已经是一个非常有特点的诗人了，已经呈现出了富矿的质地，随便挖上一锹，就能看见土壤里面蕴藏着的稀有元素。而她的问题在于，矿眼太多了，还没有找到自己身边、脚下那座富矿的主脉。2010年8月的一天，我从宋雨陆续传给我的作品中选了一组发在我的新浪博客上，并附言："今天认真读了这个作者的诗，感觉很棒。拟用本期《汉诗》诗选本之首"。一时好评如潮。这是我以编者的身份第一次向外界推荐宋雨，其中就有两首后来被读者广泛认可的好诗：《阿妈》和《年关》。

我一直觉得，在这个交流便捷、写作者起点普遍较高的时代，写出一首好诗并非难事，困难的地方在于，找出这首好诗诞生的原因——究竟是运气还是能力——因为只有找到了她根源于何处，才能确认这首诗的作者是否值得我们长久期待。作为一位生活在北疆边陲之地的穆斯林，宋雨的成长和生活经验太独特了，而当代汉语诗坛，还没有哪一个诗人能将那方水土的内在风貌准确传神地呈现出来。我们读到的大多是一些描述北疆之绮旋之苍茫的行记文字，但能真正体现出那种独特的文化神韵的文字非常少见。诗歌能否以一种声音和图景的方式让我们感知到呢？我把这个难题抛给了宋雨，其实我也知道，这何止是一道难题，它简直会让一个写作者赌上性命。

这么多年来，作为一个写作者和诗歌编辑，我向来对"女性诗人"这个群体保持直觉上的警省。在我看来，从抒情的介质来讲，女性写作者无疑具有一种天然的优势，一方面，她们天性中就有敏感、多疑的特质，这是成为一个优秀写作者必须具备的；但另一方面，这样的天性很容易被自我放纵所掳掠，最终变得狭隘，逼仄。这样的例子已经屡见不鲜。如何从私人情感空间逐渐走向更为开阔的生命情感现场，或者说，怎样从自怨自艾、自怜自爱的状态里走出来，蜕变成一个气韵充沛，充满说服力的诗人，除了需要生活的沉淀外，可能还需要更加开阔的视野，需要更为强健的精神推动力。所以说，一个真正优秀的女性诗人往往是起点很高，同时又能不断找到新起点的诗人。如果说，写《情人》时的宋雨还是一个小妇人的形象，那么，写《河》的宋雨则成了一位大气、开阔，从容有度的诗人了。在这首短短六行的诗歌里，宋雨不仅塑造了她个人的形象，而且也为生她养她的克兰河注入了一种鲜活的精神。

2013年底《汉诗》以"开卷诗人"的方式一次性推出了宋雨的29首作品，在编发她的这批诗歌时，我写道："她的作品充分浸润了奇异广袤的西部文化元素，又灌注了异域特质和现代性。因此，她的诗歌体现出了对自我的认同，对自然物态应有的尊重。沉静，安谧，在空旷的视野里将现实与幻象来回推拉，反复掂量，以此呈示生命的意义和生活的内容……"。这应该是我在阅读宋雨这些诗歌之后的真实印象。在这批作品中，有一首题为《自1991年苏联解体》的诗，描述的是哈萨克人的生活，她写道："我的邻邦是这样一个国家跑着跑着鞋带就松开了 / 被他们掀起的那场风暴丝毫／没有妥协的意思至今／来回拍打着地球的两肋"，这或许可以视为宋雨试图让自己变得更为硬朗开阔的一次努力；而她的另外一首诗《我研究过幸福》，从起笔到落笔，都异常从容，大到群山，小至手套、袜子，技艺圆熟，体现出了她作为优秀诗人对语言恰如其分的掌控能力。

对于写作者来讲，网络时代最大的好处在于，它尽可能地消弭了"怀才不遇"的现象，只要你足够优秀，写作特点足够鲜明，你就有机会被人赏识，即便你的文字没有机会发表出版，但你的作品总有重见天日之时。而从另外一个角度来看，自生自灭的命运谁也无法避免，我们要做的就是培育对这种命运的顺从意识，并从中窥见人之为人的野心、雄心、耐心，乃至悲悯之心。

现在正是阿勒泰的雪季，宋雨这样写道："雪落在地上／保持了自己的完整／有手，从大地／举起冬天的王冠／清澈的细节／印在手的指纹上／只待一小会儿／就化成了水／水滴中，也是／什么也没有／它忘记装扮自己了／忘记穿衣服／也没有带上东西的口袋／它一无所有啊／也没有像我们的邻居／推开房门／总是在借／一天是钉子／一天是榔头"（《雪落下来了》）。

这样念着的时候，雪就真的落了下来。

附：宋雨诗选

宋雨，上世纪七十年代生人，现居新疆阿勒泰。2008年开始诗歌创作，曾用名麦朵。作品见《汉诗》《明天》《长江文艺》《新世纪诗典》《中国新诗百年大典》等。著有诗集《我听我说》。

河

没有比克兰河更熟悉我的河了
出生的时候,我在它的东边
成长的时候,我在它的西边
出嫁的时候,我又在它的东边
爱一个人的时候,他在西边
恨一个人的时候,他在东边

情人

一个人的早餐
对面并非只有空气
也并非只是消毒柜和咸鸭蛋
草原上的马匹雄健
有一片是属于我的
用蓝边粗瓷碗喝大碗奶茶
点小菜,刚出锅的包尔沙克
我这样敏感的鼻子
我这样陡峭的肩胛骨
怎么容得下
热浪,汗味,浊气

再也没有比照一只马蹄印里相遇
更要命的

阿妈

炊烟追云去了,阿妈。
我们的燕麦糌粑熟了。
背柴的阿哥;驮盐的阿爸,
正在回塔楼的路上。
阿妈,我是你清亮的油灯,
是你眼巴巴的格桑花。
那天,听着你的口弦睡去,
醒来穿上簇新的花衣裳。
喜马拉雅,银饰的故乡,
牦牛翻过九十九座山阜。
阿妈的银碗里盛着雪,
酥油茶和青稞酒酿在月光里。
阿妈,我们去跳锅庄吧,
点亮松香和年轻的烟火。
阿妈,戴上你鲜艳的帮典吧,
你在花丛中,你怎么会老去。

都统河之夜

落日下,尘埃附着在野燕麦上
藜上、苣荬菜上
西伯利亚蓼上、驴耳草上
有人经过的时候
发出沙沙沙沙的声响

仿佛它们正在那儿哀叹

阿尔泰山的九月，河水清透得就像不在了

脱掉鞋子进到河里，踝骨遇到一把冰凉的小刺

啊，你仍然活着，你活着

并且又一次来到河边

天就要黑下来了

天就要下雪了

夜晚依旧会收集黑暗，还有死亡的阴影

在这人世间，从来就没有——

没有美！只是疲惫的低语和悲伤的快乐

门铃一样醒着

如果，一个人，就此消失了？静悄悄的

仿佛从没有来过这里

仿佛从未出生

所有人……剩下的日子……爱会来临……

还有光，自猎户星呼啸而出

"重复在大地留下无用的伤痕"，不

它在演奏它们在演奏

星星落在了都统河里

我研究过幸福

在群山以外是未知的世界

在我们不是很大，也不算很小的庭院

劈柴，草垛，田埂，几枝金黄色的

植物，像是沉睡

前夜落了雪

暴风雪温柔的舌头舔我们的屋顶呢

雪雾中,天地失去了边际

我们把炉板烧红,热气蒸腾

松木镶着玻璃,欢快地变幻景色

松胶在炉火中爆出

森林的味道

年轻的父亲在捻羊毛

线陀儿旋转,唱着歌

哦,我的父亲从未老去

我看着阿妈把羊油抹在烤盘上

垫着抹布上下对换

父亲总是逗你微笑,阿妈

你总是在言语上输给父亲

为把毛线染成红的?绿的?

两个人争来争去

后来我戴绿色的手套

穿绿色的毛衣和袜子

我能告诉你的幸福只有这么多

自 1991 年苏联解体

后来哈萨克斯坦国的哈萨克人来了

腰身挺直的一支部落

没有人着列宁装喝伏特加

他们有自酿的黑朗姆酒

捎带几把"胡萝卜的光荣"

准确地说是两三个舌头的人来了

他们说着忧郁的母语哈萨克语卷舌头的汉语言

他们有糖果饼干奶粉茶叶十字绣

还有茶壶鳟鱼郁金香花籽

当然哈萨克斯坦的哈萨克也会带走这边的布衣鞋帽

空心板和菜农师傅

他们摆手示意坚决不要化肥磷肥敌敌畏

被污染的蔬菜水果也统统不要

也有他们想要却捎带不了的额尔齐斯河

温润着的王者之香

我的邻邦是这样一个国家跑着跑着鞋带就松开了

被他们掀起的那场风暴丝毫

没有妥协的意思至今

来回拍打着地球的两肋

注:"胡萝卜的光荣",谷川俊太郎(日本)的一首诗歌标题,诗中形象化地描写了前苏联在解体之际的市井和政治风貌。

冷眼：再也没有什么可输的了

我编发过这世上最复杂的一张稿费单，收款人名叫樊阔江，地址是：某省某市某区平安大道某某路某自行车专卖店向前走 200 米右拐某某门牌。这是《汉诗》当年发给开卷诗人冷眼的 1000 元稿酬，我不知道邮递员能否找到这样一个地方，也不清楚他最终有没有收到这点碎银。记得为了落实这个地址，我给他打过两次电话，一次电话响了很久没人接听，另外一次是冷眼本人接的电话，他说他正在某某山沟里，好像是在找石头吧，信号不好，他答应用短信把地址发我。

这不是我第一次与冷眼联系，在此之前，我曾去他新浪博客翻读他的作品，并留言让他把近作整理一批发我，过了很久他才发来一些诗，给人的感觉是他比以前更散淡，更不把诗歌当一回事了。而他的作品却一再提醒我，这是一个非常凌厉的诗人，几乎每一首诗都有杀伤力，譬如他写《家史》："我属于／半神半人，在人间这部电视剧里／一会儿是魔鬼一会儿是天使／看书，喝酒，豪赌，与人生作对，／和一个崇拜偶像的女子／在床铺上谈论灵魂／怎样进入她空洞的肉身。"完全是那种开肠剖肚式的写作，血肉横飞，一片狼藉。冷眼诗歌中一个最大的特点是，他很少使用煽情的语言，他总是使用一种冷峻甚至是冷冰冰的口吻，来叙述他内心的真实感受，不动声色，却触目惊心。

我一直认为，笔名对一个人的写作是有暗示性的，而"冷眼"一词既有主观意义上的后撤，又存在着客观上的被悬置，前者是作者的主动选择，后者是作者选择之后应该承担的命运。事实上，诗人冷眼在当下的中国诗坛就处于这样一个尴尬位置，就像前面那张汇款单上所提供的地址一样，既明白可见，又模棱两可，如果没有遇到一个热情耐心的投递员，它的行踪会疑窦丛生。

大约是在武汉的"或者"诗歌论坛最为活跃的那几年里，冷眼曾数度往来于平顶山与武汉之间，似乎他写作上的朋友也仅仅是武汉的几位诗人。我见过他几面，与他在昏暗的夜店里喝过几顿酒。冷眼的外形长得太像北野武了，而那时我正迷恋着那个有趣的日本导演，也因此与他多喝了几瓶。在断断续续的交谈中，我了解到冷眼有着非常复杂的人生经历，曾在新疆待过数年，结过婚又离过婚，至今也没有一个足以维持生计的稳定职业，写诗于他而言完全是一种心理需要，而当这种需要进一步扩张开来，就会演变成一种生理上的渴求，也就是许多人有过的那种体验：不写不舒服，不写就觉得走投无路。但我从冷眼的作品中丝毫看不出他与生活之间的怨怼情绪，他也写"我用酒精煮我的诗"，但他语气是平静的，没有抱怨，当然也谈不上感激，他只是平静地陈述生活的事实："对于生活，你已掌握了基本要领：／两次失败的婚姻，两个不同姓氏的孩子／以及未来的下一个。／全家福，男主人省略到无／……工作只是用来糊口。／衣物乃是高尚者说。／大点的孩子，已经会／打陈醋了，但总是在半路／偷偷喝上两口，就像小时候的你。／经期，几年前已关闭，／性事，从不在床上进行。／活着吧！你说。你说。"（《二〇一一，八月八日》）"活着吧，"多么轻描淡写的一声叹息，却因为细节的铺排和陈述重新获得了意义。这是写作者最为幸福的时刻，因为他能够通过写作让消逝的岁月再度浮现在了自己的眼前，而非眼前只有明天。

在一首题为《诗的诞生》的小诗中，冷眼让自己扮演了一个与他粗犷莽撞的外形极其相符的角色：宽大的地下室，赌红了眼的赌徒，一双伸进口袋却再也掏不出任何东西的手。他反复唠叨着"再也没有什么可输"这句话，声音越来越低沉，最后止息于一声恶狠狠的诅咒里："在那对以往无边的仇恨和反悔中他写下这第六行诗。"而这最后一行让他由赌徒重新换位成为诗人，在与命运的博弈中暂时抢得了先机，因为还有恨与悔，还有情感能够左右他。

许多人从冷眼提供的为数不多的诗歌文本里看出了他凶狠的一面，譬如那首《隐藏暴徒》，那个拿着报纸夸张地谈论着"手枪"的男人，那一群对昨天发生的银行抢劫案津津乐道的人，这首诗最诙谐机智的地方在这里："一个光头佬／很快加入了／抢劫现场／问他借火。另一个／西部牛仔／像是要在／报纸上／拣子弹壳。"冷眼用一种不动声色的腔调，将一个司空见惯的生活现场表现得栩栩如生，没有高超的语言技艺是很难做到这一点的。

"说实话，这个国家／对我没有什么好的／但胜于一点儿也没有。／我不能说假话。"(《我的爱国之心》)冷眼在这里说了实话，就像那个"再也没有什么可输的"赌徒一样，除了看看他将骰子一遍遍掷向命运的轮盘，你拿他毫无办法，一如他也没有办法再像先前那样赌下去，我们只能听任他缩在角落里嗫嚅："我不奢望乌托邦／就像我不希望／被捉弄时／含着泪水说话……"平静，倔强，既不悲天悯人，也不顾影自怜，只是在捍卫着他最后的那丝尊严。

附：冷眼诗选

冷眼，1966年生人，现居河南平顶山，早年曾活跃于"或者"等诗歌论坛，有作品散见于《汉诗发展资料》《存在者》《守望》《汉诗》等书刊。

畏忌

一生惧怕这些东西:
石头,玻璃,刀。
窗外,树叶
在风中摇晃。
雨,打在
油毛毡上。
一张猛然
转去的脸。
还有半夜
林子里,铁锹
沙沙的挖土声。

诗的诞生

再没有什么可输。
在那间宽大的地下室。
再没有什么可输。
在那赌红了眼的赌徒当中。
在那伸进口袋里的手再也掏不出什么。
在那对以往无边的仇恨和反悔中他写下这第六行诗。

新疆冬日

以下部分可以省略

因为每个句子,都在
冰天雪地的古江巴克乡
我租来的小房子。
在那儿,我用酒精煮我的诗
它只有7平方。屋外
雪一直在下着,下雪。
昆仑湖在吹着和田的风向车。
隔壁是维吾尔族人,在唱歌
跳刀郎舞,用热瓦普和手鼓
伴奏。他们听起来,很快乐。
是的,要过古尔邦节了。
我也应该很快乐,至少
也应该很快乐。但是
雪,一直在下着。下在
另一个邻居的屋顶
昨天,那对四川小夫妻,死了
两岁大的女儿,因感冒
打错了针。我帮她埋了
在昆仑湖的葡萄树下
不知那女婴还会不会哭
当我拉着铁锨回到房间
把她独自一人藏在土中。
而我在写作,用酒精煮我的心。
在这里,在古江巴克乡
真主在清真寺塔楼上
喂养着新疆天空上的鸽子。

而我在想些什么,在想些什么?

家史

真有趣!我的家人——
我的母亲,一个基督徒
家史上唯一的
一位先知。我的父亲
总是跟在她身后
转悠,这叫人看起来
有些担心,不幸的是
就这么一个迷途上的孩子
他死了,先知每天在哭。
我的弟弟,一个无神论者
经商,做生意,把买卖
做到深圳上海,说起信仰
他说,他自己是自己的
上帝。我的妹妹,哦
一块法律的补丁——律师
没有替人打过一场官司,
话总是:那人该不该枪毙?
一个疑问句。我的姐姐,
啊,自由女神像
庇护下的美国公民
从事生物化学,从不造
芥子气,也从不相信

肝癌和转基因

能帮助中国脱贫

汽车两部，冒草根阶级的尾气。

最后是我，按照惯例

我在家史上写到：我属于

半神半人，在人间这部电视剧里

一会儿是魔鬼一会儿是天使

看书，喝酒，豪赌，与人生作对，

和一个崇拜偶像的女子

在床铺上谈论灵魂

怎样进入她空洞的肉身。

这真有趣！我的家人

各安一隅，各有各的神。

二〇一一，八月八日

对于生活，你已掌握了基本要领：

两次失败的婚姻，两个

不同姓氏的孩子

以及未来的下一个。

全家福，男主人省略到无。

户口本，银行卡，房契。

一次秘密的走廊约会。

钥匙总是对的，因为锁孔

意味着投入问室。旅游过

那么一两次，最近是

去了趟八达岭和北京
瞻仰伟人像,
顺便买回两只烤鸭
带给火山口上的平顶山市。
工作只是用来糊口。
衣物乃是高尚者说。
大点的孩子,已经会
打陈醋了,但总是在半路
偷偷喝上两口,就像小时候的你。
经期,几年前已关闭,
性事,从不在床上进行。
活着吧!你说。你说。

我的爱国之心

说实话,这个国家
对我没有什么好的
但胜于一点儿也没有。
我不能说假话。

我花钱买我自己
需要的东西——
烟,打火机,啤酒
牙刷,毛巾,还有可以让我
阅读的书本孵化思想。

对我不了解的事情
我不奢望乌托邦
就像我不希望
被捉弄时含着泪水
说话。但我不厌恶她。

我出生在这儿,
跟许多人一样
出生在这儿
一个叫国家的产房。

我不能拒绝就像我不能选择
我的母亲。她生在这里,
从一滴奇怪的液体
到变化的肉体,站立着
一张同样的面孔
就像泥巴跟土
母与子,我也是。

说实话,我不需要
什么标志,也不需要什么旗帜
这个党派那个阶级,
如此广义她只属于少数人
跟我没有关系。

但是,一旦她倒下,

我就会像一个亡国之人
没有国籍,没有身份,没有地址。
亲朋好友会一个个死去,
但大多数人会依旧活着享受
她昨天的血腥暴力。

如果这个国家打仗,我想,如果打仗
我一定会参加。很可能会
少一条腿,或许吧,
还有一只臂膀,
最终落个残废,
没有勋章,同样躺在
漆黑的夜里,望着
像那些护家之人
为了我的母亲。

然后,然后,然后呢
我会干些什么?
继续咒骂。
继续活在这里。

毛子：急需更多的鸡蛋去碰石头

很多年前的一个夏天，一帮写诗的兄弟去湖北宜昌的杨家溪参加一场以诗歌之名组织起来的旅游观光活动，席间，一个自称"毛子"的当地诗人端着酒杯过来敬酒，那应该是我们的初次见面，记忆中他是一个寡言少语的人。现在回想起来，那次活动或许算得上是新世纪之初湖北诗人的第一次大规模集结：老中青、传统与现代、官方和民间……各路诗人都汇聚到了当年国军曾殊死抵抗日军西进的关隘（石牌），尽管活动的内容已经相当模糊，但其象征意味在日后越来越明显起来。此后，湖北整体的诗歌格局、面貌都发生了转变，传统意义上的乡村叙事诗人和政治抒情诗人逐渐被现代主义诗人所取代，一大批年轻的、民间的和潜在的优秀诗人陆续浮出水面。毛子就是这批新锐诗人群体中的重要代表之一。

"我视写作为切割／我把说出的，重新放入／沉默之中"。在一首题为《那些配得上不说的事物》的诗里，毛子以一种沉痛的口吻说出了他对眼下这个时代的隔膜和鄙夷，尽管他深感"说，是多么轻佻的事啊"，但在沉默与说出之间，他仍然选择了后者。一个诗人，当他清醒地意识到言说的无力感后，怎么说就成了一件颇费思量的事情。毛子是一个本真的诗人，长期挣扎在生活底层，青春期的叛逆导致了他整个青年时代的不顺，让他被迫徘徊在社会的边缘。我曾听他在酒后给我们讲述过那一段时期的颠沛经历，从小县城一路狂奔至内蒙草原，最终踯躅在新疆的大漠边陲，在下等酒馆和盲流人群中盘桓穿梭多年。这些经历后来对他的写作产生了深远的影响。

沉痛是毛子诗歌写作中一贯的主题，罪感，羞耻感，以及由此带来的自省和批判意识，在他的每一首作品都有不同程度的显现。我很少读到毛子惬意平和的诗句，他的语言充满了与世界的对峙和紧张关系，以及在与生活的牴牾和摩擦中发出的撕裂撞击之声，即便是在他早期描述童年经验的《捕獐记》中，也能看到诗人一心向善，却不得不恶中取善的愿望。

当代诗歌写作最为人诟病的一点是，对所谓"现实的关注"不够，缺乏处理所谓"重大题材"的能力。姑且不论这种攻讦是否合理，有一点是显而易见的：持这种论调的人大多数是不读当代诗歌的，起码是对当代诗歌缺乏整体了解和鉴赏力的人。事实上，毛子（以及毛子们）的写作一直就紧贴着现实，吸引他的注意力的从来不是风花雪月，而是被寒风刮伤的人脸，被雪花淹埋的骨骸……他感兴趣的是，所有表象之下潜在的真实：被漠视，被遗忘，被凌辱，被践踏的各种存在。所以他才会发出这样的太息："什么时候月亮变成诗词的月亮、乡愁的月亮/和卿卿我我的月亮/什么时候我抓骨头的前爪，变成/握豪笔的双手/写啊写，可我的脊柱/不再与大地平行"（《月亮》）。这样的叹息长久回旋在毛子的内心深处，以至于让他成了一个看上去有些郁郁寡欢的人。诗歌究竟该如何表现"文学现实"？当代诗人们其实都有自己的选择，但所有的选择必须有一个共同的前提，即，它首先应该是诗歌的。毛子的优秀之处就在于，他已经具备了化解生活现实的能力，并且还具备将之转化为诗歌现实的能力。这种能力不是站在道德高处俯瞰几眼人间指点几下江山就可以完成的，它依赖于诗人对生活持久地关注，从中培育出一种人之为人的普遍情感。

在一首献给诗人朵渔的诗中，毛子写道："就像一根火柴，未曾划亮/它在光明的一边，也在黑暗的一边//而最大的恶，终将被/最高的善抱起"(《致朵渔》)。在这里,"划"就是选择,燃烧,照亮,直至灰烬。

在与毛子断断续续的交往过程中,我发现,他对语言的洁癖体现在"非如此不可"上,也就是说,他的这种"以少胜多"的写作并非出于诗艺方面的考量,而是源自于他内心深处对言说本能的不信任感,这种惶恐一边挤压着他一边催逼着他,因此,他的很多作品都使用了非常急促甚至多少有点气喘吁吁的语气,譬如《急需品》,譬如《咏叹调》等。每次阅读毛子的这一类作品时,我都仿佛看见了一个从乡村暗夜里急匆匆跑来的报丧人,在广阔的夜色里,一颗忐忑不安的心在跳荡。毛子像一个不谙世事的孩子,沿途拍打着沉睡的门扉,告诉我们:这个世界已经遍体鳞伤,急需我们去为她疗伤。而疗伤的手段是善,也是隐忍:"我有一个拍纪录片的朋友/他去了一趟西藏,待了数月,却始终没有打开镜头/他说,哪怕打开一点点,就是冒犯,是不敬/是谵妄中的不诚实//谢谢这样胆小的人,持斋戒的人。/谢谢他们在一个二流的时代/保留着一颗失败之心"(《失败之心》)。

谢谢毛子,这个穿越了黑夜的报信人;谢谢他用自己的作品回应了我在《诗说》一文里对"同道者"的判断:"被我视为同道的作家,应该是这样一种人:他心怀绝望却永不甘心;他把每一次写作都当作一次受孕,并调动起全部的情感来期待这一刻的来临;他是生活的受迫者,同时还有能力成为自己的助产师。这样的写作者最终可以从宿命出发,抵达不知命运忘其命运的境界。"

附:毛子诗选

毛子,湖北宜都人,生于上世纪六十年代。有作品散见于《诗刊》《诗歌月刊》《扬子江诗刊》《汉诗》《诗探索》《人民文学》等杂志。作品入选多种年度选本,曾获 2013 年扬子江诗刊"年度诗人奖"、第七届闻一多诗歌奖等奖项。现供职三峡文学杂志社。

捕獐记

夜里没有事情发生
大早醒来，南边的丛林有了动静
溜烟地跑过去，昨天设下的陷阱里
一只灰獐蜷起受伤的前肢

多么兴奋啊，我想抱起它发抖的身子
当四目相视，它眼里的乞求和无辜
让我力气全无

只能说，是它眸子里的善救了它
接下来的几天，它养伤
我也在慢慢恢复心里某种柔和的东西
山上的日子是默契的
我变得清心寡欲

一个月亮爬上来的晚上，我打开笼子
它迟疑了片刻，猛地扬起如风的蹄子
多么单纯的灰獐啊，它甚至没有回头
它善良到还不知道什么叫感激

急需品

急需一对马蹄铁
急需一付轭
急需一根
老扁担

急需警报
急需盐
急需鸡蛋,急需更多的鸡蛋
去碰石头

急需纱布,急需手帕
急需一块跪下来的
毯子

多么紧缺的清单
而我需要它们来建设
需要像一台报废的发报机
慢慢消化
来自禁闭室的声音

赌石人

在大理的旅馆,一个往返
云南与缅甸的采玉人

和我聊起他在缅北猛拱一带
赌石的经历
——一块石头押上去,或倾家荡产
或一夜暴富

当他聊起这些,云南的月亮
已升起在洱海
它微凉、淡黄,像古代的器物
我指着它说:你能赌一赌
天上的这块石头吗?

这个黝黑的楚雄人,并不搭理
在用过几道普洱之后,他起身告辞
他拍拍我的肩说:朋友
我们彝族人
从不和天上的事物打赌

致朵渔

陨石坑并不说话
骆驼也不急于走出沙漠

足够的深渊,我们有如此的语言
和它促膝长谈吗?

就像一根火柴,未曾划亮

它在光明的一边,也在黑暗的一边

而最大的恶,终将被
最高的善抱起
难怪卡夫卡低语:恶是善的星空
难怪一个穿越星际的人说
我来自拥有泪水的星球

在农夫面前,和冻僵的蛇一起羞愧吧
夜深人静时,想想弯腰的耶稣
给门徒洗脚

而时代终会像失联的航班,无影无踪
就这样,一只黑匣子
找到了我们的写作

祖父

我的祖父两次遇到了哈雷彗星。
这不算奇闻,也是幸事。
想想当初一起观望它的人,都不在了,
他独自垂泪。
而我那信耶稣的婶婶,把这看成上帝的启示。
她在亮光出现的时刻,大声地
为我们诵念传道书:
——"我们若信耶稣死而复活,

那已经在耶稣里睡了的人,神也必将他
与耶稣一同带来……"

彗星带来了什么?上次祖父见到它,
是宣统二年。那一年,霍元甲去世,
汪精卫刺杀了载沣,我的祖父也在私塾里蒙学……
当彗星拖着长长的尾巴划过天幕
私塾先生长叹:大清的气数尽矣!

下一次彗星出现,要等到公元2062年。
这意味着,我是第一次
也是最后一次看到它。
看来,能像我祖父那样幸运的人
真的很少。
仿佛他一生就是在等待它回来。
当它在1986年回来又扬长而去
翌年,我的祖父也在睡梦中
撒手归西……

树木

它们不使用我们的语言,也不占用我们的智慧
它们在枯荣里开花、结果
它们各有其土,各有其名
它们跑到高山之上,平原之上
在夜里,它们会跑得更远……

它们砍下做栋梁,就成了人间的部分
做十字架,成信仰的部分
做棺材,成死亡的部分
做桌子、椅子,成生活的部分

我们成不了这些,我们只能成灰,成泥土
在泥土里,我们碰到了一起
所以,那么多的树,都是身体之树
那么多的人,都是无用之人……

失败书

扎西说,诗,还是少写为宜。
是的,写来写去,无非是小天赋,小感觉。
无非生米做成熟饭,无非巧妇
做无米之炊。

月亮在天上,写不写
它就是古代的汉语。
它爬进云层,就像王维进了空山
山,在他那里,就是不见人。

我有一个拍纪录片的朋友
他去了一趟西藏,待了数月,却始终没有打开镜头。
他说,哪怕打开一点点,就是冒犯,是不敬。
是谵妄中的不诚实。

谢谢这样胆小的人,持斋戒的人。
谢谢他们在一个二流的时代
保留着一颗失败之心……

李志勇：在心里默写自己的著作

李志勇算是一位大器晚成的诗人。依他内敛沉静的性格，如果没有网络，他的出现恐怕还要更晚一点。当然，这种假设没有什么意义，写作归根结底是写作者自己的事情，写得好却不为人知，并不是写作者的遗憾，而是读者的遗憾。作为编辑，我心里非常清楚这一点，所以我一直强调"发现"这个词在这个时代的重要性：编者要去发现作者，而作者要去发现自己，并将最自我的那一面深深地发掘出来。

我最早读到李志勇的诗应该就是那首《内心》，好像是闲逛到他博客上，偶然读到的，之后愣了一下，之后继续翻读他贴在博客上的很多文字，越读越感觉这是一位很特别的诗人。李志勇的特别之处首先在于，他生活在甘南，但他的诗几乎没有受到西北"边塞诗"风格的任何影响，同样写的是西北的风土、民俗、世故，但他完全将那种外在的苍茫内化掉了，用一种琐碎的日常生活来呈现一棵树、一只羊、一轮月、一滴水……这些物象所包含的辽阔和无垠。这无疑是一个独辟蹊径，甚至弄得不好就会迷失自我的写作者。"红桦树的大门和窗户都朝山下敞开着／里面非常的凉爽"，这样的语调怎么听着也听不出我们熟悉的"信天游"的味道，但这样的语言所呈示出来的空间和内容一点也不比信天游少。如果你继续耐心地往下听，你会听见红桦林内部的动静："尽管里面／是有一个清凉的女子，但红桦树／还是一座／已经开始燃烧了的、但还等待着神的庙宇"(《红桦树》)。天地人神，应有尽有。

这是一个优秀诗人的本事，他能用寥寥数笔勾勒出一幅声色兼具的画卷，并从中洞悉出生活的真相：从来就没有过眼云烟，所有的隔膜只缘于我们内心的冷淡。

2010年《汉诗》推出了一套文丛(共8本)，其中就有李志勇的一本《绿书》，这是他的第一本诗集，收录了他近二十年来写作的诗歌精华。在后记中，他写道："在印刷术出现之前，如果谁能想着会出现和雪一样洁白的纸张，还能把自己写的文字印在上面，装订起来送给别人，他一定会感到它的不现实性，感到只是和'精卫填海''梁祝化蝶'一样的一种文学想象，是某篇文字的一种文学手段。"在我看来，李志勇的这段文字里至少包含着这样两层信息：一是写作的初心和目的并非是为了出版，只是一种内心的需要；二是，既然这种"不现实"已经成了现实，那么，文学就应该具有与"精卫填海""梁祝化蝶"一样的再造现实的想象力。事实上，在阅读李志勇的过程中，我们会经常遇到这样的"不可能"，譬如在一首题为《美丽草原》的诗中，他起笔就写道："成群结队的牦牛在我熟睡时也安睡在我的床、头颅周围／有时牦牛压在身上时石头一样沉重／却也不会将我压碎"；这是一种显而易见的"不可能"，但还有另外一种文学意义上的"不可能"，譬如他写道："用你们写出的人来救我，如果／他是真的／此刻就会穿过田野奔跑过来／……我还用过你们写出的石头、盆子／我现在用的／是你们写出的小说"(《信》)。这样的荒诞感在李志勇的诗歌中随处可见，但他处理这种荒诞感的手法却一点也不荒诞，不仅不会构成你阅读上的障碍，而且还能让你产生审美的愉悦。我所关心的正是构成这样一种文学现实的原因：究竟是什么让我们在阅读李志勇时会得到这样的体验？

李志勇现在是甘南某地的政府官员，在此之前他一直在某农机站工作，对于现在的年轻人而言,"农机站"无疑是个奇怪的地方,老实说,我也不甚了了。在我与他有限的几次联系中,谁也没有主动把话题引向写作之外的地方,他似乎也不是一个健谈的人,但肯定是一个耽于种种奇思异想的人。在他的诗歌中,他讲述过各种奇形怪状的故事,有牵着蜜蜂在大街上走的人,有放鞭炮把嘴唇炸烂了的男子,还有"气葬":"是人们期盼已久的一种丧葬方式,就是让人的遗体在瞬间直接蒸发,从固体变为气体。"这无疑是诗人的胡说八道,但当在他那么认真仔细地叙述时,却令人不得不信这一切已经发生过或正在上演着。在这一点上,李志勇有点像米格尔大街时期的小说家奈保尔,端着一杯朗姆酒,坐在人来人往的大街拐角处,眯眼打探着阳光与阴影割据的街市,并从中体会着不可思议的生活所带来的乐趣。如果说,生活是魔幻的,那么诗人就应该是与魔术师类似的人,以词语为道具,用语言结绳记事,完成对散乱无序生活的归类。

"在这漆黑,散发着马粪那种氨味的圈棚里/像我们默写生字一样,它可能/一直在心里默写着自己的著作/在一个又一个这样安静的夜晚里/但我进去后它还是和往常一样/摔着尾巴,在低头吃草/那么平静从容/好像在这漆黑的屋子里/在我开门之前,它已经把那著作交给了/能够读它的人"(《喂马》)在这首充满着迷幻色彩的诗歌中,李志勇以马喻己,将自己的抱负托付给了广阔无垠的原野,尽管暗夜茫茫,圈棚里只有"一点手电筒的光",但能够读懂这匹黑马的人仍然能看见:"它已永远地站在了语言之外/站在另一个世界之中"。

附:李志勇诗选

李志勇,1960年生于甘肃,上世纪八十年代开始写诗,作品散见于《诗刊》《星星》《汉诗》《诗歌月刊》等刊物,出版有诗集《绿书》。

信

用你们写出的勺子,它闪着黄色的亮光
我舀出晚饭,一个人吃了
那点饭像一团火,在体内慢慢燃烧
作为一个你们虚构的人,我竟然看到了窗外
一个真实的黄昏
用你们写出的螺丝刀,我修理一台老收音机
它的后盖打开
看上去像是在修一座微小的城市
用你们写出的人来救我,如果
他是真的
此刻就会穿过田野奔跑过来
用你们写出的人
去穿过那条空空的街道,他高大沉静
用你们写出的斧子
去劈柴时我听到了空空的声响
我还用过你们写出的石头、盆子
我现在用的
是你们写出的小说
它闪着一种奇特的光芒
我现在正在慢慢地登上一座高山
它好像就在我的体内

红桦树

大部分人感到,红桦树的树皮就是它的花朵
少部分的人感到
蓝天上高高飞翔的几只鸟,是它的花朵
溪水在山下,在没有山风
树木非常安静时,能听到它流淌的声音
红桦树,树干火红,绿色的叶子
就像长在火焰之上
早上,整座山,像刚升上来时的样子
一身的水,然后慢慢地被阳光晒干
大部分人感到,红桦树的大门和窗户都朝山下敞开着
里面非常的凉爽
住着一个女子
少部分的人感到,尽管里面
是有一个清凉的女子,但红桦树
还是一座
已经开始燃烧了的、但还等待着神的庙宇

喂马

院子里比屋中冷了许多,星星
在天上,静静地照着这条山沟,除了目光
没有和这一样的了
我找到背篼,来到草房中,放下手电筒
一把一把地撕下填得很瓷实了的干草

装满后背起来，走向马圈

这时候我就是跪下，跪着走上十里，来到神前

又能怎么样呢

这一刻眼前也不会变得

更亮一些，双手也不变得更暖和一些

马圈里面，只有一点手电筒的光

还是能看到那匹黑马

一双安静的大大的眼睛

看得出来，它已永远地站在了语言之外

站在另一个世界之中

在这漆黑，散发着马粪那种氨味的圈棚里

像我们默写生字一样，它可能

一直在心里默写着自己的著作

在一个又一个这样安静的夜晚里

但我进去后它还是和往常一样

摔着尾巴，在低头吃草

那么平静从容

好像在这漆黑的屋子里

在我开门之前，它已经把那著作交给了

能够读它的人

内心

内心并没生活，内心并没有去找工作，去买米面，去给孩子看病

内心并没触到妻子的身体，并没闻到花朵的香味

然而它最后也要一并被埋入到泥土之中，不为人知

内心并没有哭泣，但是空中还是有一个哭声在回响

内心并没有让腰弯下但是腰弯了下来
内心并不想让手签名但是名字已经写到了纸上
内心，内心并没有死去，然而埋葬的土
一锹锹已经落到了身上

内心并没飞翔，内心并没去过任何一片云端
内心并没在大厅里听到过音乐，并没看到过墙上的图画
它一个人，在空空的胸膛里，像个孤独的孩子
一下一下的跳着

内心并没回家，并没入睡，它整夜整夜地在外面走着
内心并没感到星星的寒冷，没有感到冬季的凛冽
然而它最后也还是要回来，回到冰凉的已经死去的体内
内心并没有哭泣，但是空中还是有一个哭声在回响

夜半

如果你在半夜摸黑，前去小便，手臂自然
就会做出游泳的样子
时值冬季，屋外雪一片一片
从黑暗的天空中飘下
屋子的一个角可能已经破了。脚上、腿上
都能感到从那里吹来的冷风
你划动着胳膊

黑暗被你的两手，分到了身体两侧

并推动着你前行

这是半夜

前面既没那匹白马，也没那位白发的老人

只是个空空的卫生间而已

不管多么悲痛，人仍然还要小便

天空中雪一片一片往下飘落着

它一定有一个原因

或者有一个目的

但是没有人能表述出来

任务

  这完全就像一个开花圈店的人，开张三个月了还没做成一笔生意，为了至少能够售出一个花圈，他甚至盼着镇上哪儿出事死人，他知道这不对但是也没有办法，他的任务就是出售花圈。他难以抑制自己盼望死人的想法，之后就要不断地为此谴责自己。谴责自己也是他的任务。这两个任务他绝不可能同时做好，最好的办法就是，让他至少做出一个不能用于祭典死人的花圈，然后来出售。

  为此他进行了不断的尝试。

  他做出的第一个花圈，是在一个真正的花圈上贴了一个大红的喜字。

  他做出的第二个花圈，是在一个大红喜字上用胶水沾了一个缩小了的真正的花圈。

  他做出的第三个花圈，是花了一年时间，在一块巨石上雕出的一个石头的花圈，没有人搬得动它。

  他做出的第四个花圈，是在一个竹棍扎起的架子上糊上的一张圆形的白纸，上面一片空白，没有一朵纸花。

他做出的第五个花圈，会发出一种大笑的声音。

他做出的第六个花圈，只能存在一两秒种就自动消失了。

就这样他已经做到三十多个了，现在他的库房里全都摆满了这些东西，连人插脚的地方都没有，而他仍然乐此不疲，正在尝试做下一个。现在，做出这样一个花圈成了他的一个任务。

巫昂：创作不应受到限制

在一首题为《诗是》的短诗中，巫昂提笔就写道："诗是抢来的／从一堆垃圾里捡来的／过得太好的人写不出诗／诗趴在你的后背，她的胸前／唯有失去和永远失去才可以喂饱它"。读到这首诗的时候，我禁不住扭头看了一眼自己的身后，我自然是看不见自己"后背"的，"她的胸前"我也没能看清楚。"唯有失去和永远失去才可以喂饱它"，这是诗人在茫然四顾之后洞悉到的诗歌发生学的秘密，但她采取的方式却是通过生理上的直观反应。作为百年新诗史上最为成功的诗歌流派之一"下半身"中的一员大将，巫昂的写作一开始就充满了杀伐之气，如同她在《干脆，我来说》中所使用的语调一样："干脆，我来说／那些草已经长不动了／它们得割／割到根部……"，直接，精准，酣畅淋漓。与当年她的那些"战友"不同，巫昂作品中的力量并不以粗鄙、莽撞来获取，她的"冒犯"更着眼于精神上的特立独行，旁观与对峙，尽管她也写性，写肉体的欲望，但我们从中读到的却是诗人对现实世界的揶揄与嘲讽，是一位孤绝的女性在男权世界里的桀骜不驯："你就是送上门来／供我伤害的"（《男性们》）。

2008年初，《汉诗》第一卷出版。为了寻找一位与《汉诗》的气质定位相匹配的"开卷诗人"，编辑部内部曾展开热烈的讨论，开列出了一份几乎囊括了当年各路当红诗人的大名单，最终确定巫昂作为女性诗人的代表第一个出场，一次性推出了她的24首诗，其中就包括了后来成为她代表作的《犹太人》《干脆，我来说》《我最亲爱的》《耶稣》等作品。选择巫昂并不是妥协的结果，而是对她诗歌中所体现出来的独立、自由、不迎合，不将就的态度的激赏。事实上，这也是《汉诗》后来一以贯之的态度（私下里我们称之为"非暴力，不合作"）。这么多年过去了，我注意到巫昂的写作已经由早期的激烈变得柔和了许多，但是，对抗性依然存在，她与这个世界之间的紧张关系并没有因为年龄的增长和生活阅历的增加而变得和缓，只不过她采取了一种规避的方法，如同她后来在那首《写给朋友的信只需要一行》的诗里所写的那样："谁的衣服落在我这里/开春后请拿回去/人不要来/来封信就好"。这首六行短诗可以看着是巫昂目前的心境写照，淡然，却不冷漠，用一种迥乎于从前的语调呼应了她早年在《我最亲爱的》那首诗所流露出的急迫和焦虑："我希望有人给我写信/开头是：我最亲爱的/哪怕后面是一片空白/那也是我最亲爱的/空白"。你看，同样是一封"信"，诗人对待它的态度已经大相径庭。

《犹太人》是巫昂广受好评的一首诗。这首诗的视角开阔而细致，涉及到了一个特殊种族的历史、文明和日常，最终呈现出了令人唏嘘的命运感。我曾经在一篇文章中谈到过，当代中国诗人似乎不擅长处理与一些大词之间的关系，譬如写作者与"国家""民族"或"人民"等之间的关系，因为我们缺乏对这类词语的认同和亲近感，所以，在面对它们的时候，要么束手无策，要么生搬硬套，很难形成一种血肉相依水乳交融的写作。巫昂在这首诗里也使用了一些大词，甚至也采用了大量的铺排，但读者在进入的时候却毫无违和感。这恐怕得益于她曾在美国多年的生活经验，这些无比真实的细节构成了这首作品的纹路和肌理，使那些貌似空洞的大词得以精准地落地。事实上，巫昂在美国生活期间（或以之为元素）所创作的那批作品都多少具备开阔与细腻并织并举的特点，一方面是取自再也通俗不过的日常素材，另一方面它们制造出来的效果却令人惊悚，譬如《乳房》

里的"总统和总书记",譬如《耶稣》中的"蛋黄和蛋清"。

"我把三十六岁当作一个目标/那一年,我要比别的年份更强硬/我会成为你的母亲/为你牙床上的凹槽抹上细盐/那会有一点点痛/当你夜半哭醒/从被褥里伸出一双手/我就在隔壁房间/跟一个男人平排躺在一起/他决不会为你起来"。这是一首题为《三十六岁》的诗。我不知道诗人为什么要对这个年龄竖起一道心理警示牌,但我从她的另外一首《回忆录的片断(四)》诗里读到了这样的事实:"三十一岁/没有理由再拖下去/我在附近的郊区医院做了一次人流/出血无数/三十五岁/出版自己的第一本黄色小说/卖了一点钱/变成很有名的女人/三十八岁/坚持己见/被领导强行开除……"。作为一位对性别意识非常敏感的诗人,巫昂其实早已洞悉了自己的命运,也早就意识到了"更强硬"之必要。磨损,击打,受伤害,巫昂用一种血肉模糊的写作见证了自我的成长,像一个不断地往自己的伤口上撒盐的人,从前没有愈合的再也没有必要愈合,而那些早已愈合了的则如纹身一般妖娆:"那么长的枕头他躺在中央/太空旷太空旷/一列火车在深夜奔驰而过/撞飞了两头矮胖绵羊"(《你心中早已有了答案》)。

附:巫昂诗选

巫昂,1974年生于福建,现居北京。曾供职于《三联生活周刊》,后辞职成为自由作家。出版有诗集《干脆,我来说》和《生活不会限速》。

干脆,我来说

干脆,我来说
那些草已经长不动了

它们得割

割到根部,但一息尚存

没有割草机我使用剪刀

哪怕它钝到不行

但哪次不是疼

教会了我们

大声叫喊

刀刃上的铁锈

每每胜过创可贴

乳房

在镜子前,经前

它们微妙的膨胀

从一对柔软的器官变成两个思想家

两人在对话在对话,越靠越近

互称总统和总书记

它们甚至谈到伊拉克和巴以冲突

以寻求相应的解决方案

需要性

需要性来让我软弱

需要坚定的交往

你的生殖器无人可以替代

需要你覆盖我

如国旗和棺木

犹太人

他们没有土地

除了从不安稳的以色列

他们没有建筑物除了哭墙

他们没有声音除了嘶喊

他们没有笑容除非弥撒亚提早来临

他们没有国籍除了别人给的护照

他们没有家除了妻子和孩子

他们没有的，都在自己身上

每个人分担二十六秒的犹太历史

他们本该有20亿

屠杀成1300万

他们要尽量多地生儿育女

以备不时之虚

由于祖上时常被害

儿孙们格外聪明

智商测试都会感到害羞

他们是这些东西的妈

芭比娃娃、自由女神还有超人

他们也是这些东西的爸

嚎叫、二十二条军规以及星球大战

他们很衰也很有钱

他们不受待见但非常强悍

总有一天

他们的服务器

会比头顶上那点星空宽阔

无法 GOOGLE

他们会比雨人还会算火柴棍儿

比最穷的穷人还会躲避殴打

他们是所有房子里，永远的房客

自备牙刷和睡衣

最大号的家具

竟是手提箱

他们在十岁左右

就学会了奥斯威辛生存术

从下水道抠出面包渣

和泥吞下

学会在黑色的硬壳纸下面过夜

神经兮兮地打个小盹儿

醒来爬到钢琴前

挣扎着做完最后的乐章

他们不允许没干完活儿

就吃饭，或辞世

创作不应该受限制

创作不应该受限制

去掉那些刺或枝蔓

爱也不应该受限制

这让你有十分的把握

爱一个残疾人

爱一个死于1791年的男性

爱他黄色的眼睛和麻木的手指

爱他就像爱月亮

那永恒、黄色而麻木的天体

静静地悬挂在眼前

他跟它

没有任何相似之处

楼顶

我在楼顶给你打电话

那里才有信号

我们聊一聊昨天彼此都做了什么

独自做了什么

和别人一起做了什么

这是恒星的节奏

恒星死亡后有三种归宿

变成白矮星、中子星和黑洞

我们正身处一个无名黑洞

它吸收了一切

包括光线,时间飞逝

和浅薄的悲伤

写给朋友的信只需要一行

写给朋友的信只需要一行

看鸽子,只需要抬头

谁的衣服落在我这里

开春后请拿回去

人不要来

来封信就好

便宜又好用

我站在楼底下

望向十三楼那个

装着一整套生活的

悬棺

起床后,男人吃了好多馒头

女人已经洗了一缸衣服

她俯看我,匆匆忙忙地

我的头顶上挂着

他们的腊肠

又咸又油的水

一滴,两滴

都没有命中要害
第三滴开始燃烧
第四滴是血

孩子

我没有孩子
你们就是我的孩子
从十九岁到五十五岁
每一个都视若己出
德兰修女教会我为穷人擦拭身体
我的穷人
是精神上的,我的身体
是精神上的

弥赛亚：查无此人

弥赛亚是新世纪网络时代涌现出来的一位优秀诗人。在诗歌界内部，对"网络诗歌"有一个不成文的界定，特指世纪之初以 BBS 为传播平台的那些年（大约从 1999 至 2009 年），一大批活跃在诗歌网站论坛上的写作者，他们匿名来到诗歌写作现场，莽撞、青涩、无所顾忌、战火纷飞。与当下的自媒体时代不同，那时候的写作者大多视网络为交流工具，而现在的写作者大多视网络为传播工具。就在那种新人辈出，同时是非不断、尸骸遍野的场所，我第一次读到了弥赛亚的《太平广记》，记住了这个诗人的名字。按照他本人的说法，取名"弥赛亚"并非想当救世主，而是觉得这个名字透露着"虚无的气质"："我在家，我在长头发 / 那是另一个朝代的事情 / 泥沙俱下"（《太平广记·夜航船》），的确够虚无的。但我以为，解读弥赛亚最可靠的钥匙，还不是虚无，而是其诗歌中所弥漫出来的趣味性、活泼、自由，同时还很优雅，如同"螺丝壳里做道场"一般，在狭小逼仄的空间内尽可能让诗意大幅度地跳跃。

弥赛亚擅长从现实处境出发，在不经意间把笔触轻巧地延伸至虚拟的时空，在来回的拉扯中，镜头不停切换，制造出各种突如其来的效果。《太平广记》基本上就是用这样一种路子在进行。这种手法会对初次阅读者产生新奇感，但一旦被人识破了，就容易带来阅读的倦怠。好在他是一个极其聪慧的诗人，在读者的倦怠感尚未到来前他就已经做好了自我调整的准备。这一回，还是以镜像的方式进入，但不再沉缅于古意和猎奇，他的镜头里出现的大多是我们见过的物象，这些沉睡在我们记忆中的碎片通过诗人巧妙地组合，拼接，形成了一种全新的图景：依然是跳荡的，但被镶嵌成型；依然是色彩斑斓的，但被处理成了灰白的色调。"电线杆上的寻人启事/被清洁工铲掉了名字//新闻报道说，一架飞机在昨天坠落/告诉我，地点是不是温都尔汗"（《自焚生涯》）。作为一位抒情诗人，弥赛亚很好掌握了叙述的技巧，使沉闷的故事具有了诙谐幽默的质感。

我见过弥赛亚几次，都是他来武汉参加活动，随身带着一部相机，"咔嚓，咔嚓"不停。印象里，他并不是一个多话的人，一脸笑容，和风日丽。这是一个清爽的写作者，而我喜欢和清爽的人相处。"……远山交叠着近水/你有宽广的过去，我有微弱的火光/你轻轻拍打我的肩膀/仿佛正午的蝴蝶穿过稠密的人烟"（《切肤之爱》）。在平心静气的语调里，诗人营造出的氛围祥和又随性，而所谓"切肤之爱"也正氤氲在这似有若无的岁月里，像一只蛹，慢慢成长幻化为蝶。

弥赛亚后来写过一组以《果皮箱》为题的系列短诗，基本上都取材于日常所见，但制造出来的效果却让人感觉迷离，恍惚。当年我在编读他的这组作品时，有一种强烈感受是：诗人总在出神地观望着身边眼前，却又经常走神去了远处："昨天的桃花开放在/昨天的河岸/你见到他的时候，他正在拆包裹/西边的云彩流向明天/有些事开始了"【《果皮箱》（56）】；"那棵歪脖子树死去已很久/乡绅的后代还活着/成为新一代乡绅/公社更名为大队，现在又变成了居委会/孙寡妇改嫁，傻和尚还俗/这一辈子，过上一辈子/没过完的事"【《果皮箱》（59）】。这样的场景大量充斥在《果皮箱》中，散发着收获之后的果园气息，宁静，空寂，甚至还有徘徊在微风里的陈腐气。在我看来，这个系列尽管体量庞大，但仍旧不是诗人弥赛亚写作生涯中最华彩的篇章，或者说，从这批作品里我们只能读到弥赛亚的部分机智，以及他对语言娴熟的掌控能力，但诗人的精神之核并没有得到凸显。

一个真正优秀的诗人总会被这样几个问题催逼着：为什么要写？为什么要这样写……事实上这些问题永远不可能得到解决，因此才有反复追问的必要。我相信，弥赛亚也经历过许多次类似的时刻，这样的时刻其实是一个写作者最为庄重的时刻，同时也是最为沮丧的时刻。而摆脱沮丧的惟一方法，只可能是写出下一首诗，用"写"来回击"为什么写"：

"皇天与后土，中间是坟墓／它安放在针叶林的中间／静静等待落日光临／亲人日渐生疏／炊烟消失殆尽／枯枝把烂了的一切缝起来／败叶落在沼泽，成为最新鲜的补丁"

这是弥赛亚的一首近作：《枯枝》，典型的"弥赛亚似"语言方式。诗人用白描的手法呈现出凋敝，没落，却生生不息的人世景观。

我注意到，弥赛亚在近两年来的作品里常常将一些约定俗成的"政治术语"（包括俚语）引入到诗中，让它们在诗歌中形成了一种自我消解的力量，同时也带来了阅读上的愉悦感。在追求优美与抵达真实之间，弥赛亚确实有过摇摆，但他最终选择了后者，更果决地呈现着炎凉的世态："鞋子走过了多年／路还在，但底子已磨穿"（《查无此人》）。这个生活在蜀地的诗人，没有赶上上世纪八十年代现代主义诗歌运动的大潮，但他搭上了新世纪网络诗歌运动的头班车，无限风光一晃而过，"车轮擦拭着轨道发出胶卷底片的呻吟"（见拙诗《压力测试》），还有冗长的中年等待他去穿越。

附：弥赛亚诗选

弥赛亚，本名胡杳，1973年生于四川广安。曾获"界限诗歌奖""或者诗歌奖""突围年度诗歌奖"。出版有诗集《太平广记》。

切肤之爱

你珍爱的那双白网鞋
在星期天的下午晾干了
我想为它
扑上雪白的鞋粉

那时你还是只蛹,还没成为女人
你躲着雨露和落叶
看上去很安静,但你不能告诉我
安静的感觉

这么多年来,远山交叠着近水
你有宽广的过去,我有微弱的火光
你轻轻拍打我的肩膀
仿佛正午的蝴蝶穿过稠密的人烟

猜火车

我有一根树枝
请来燕子搭窝
我有一块废铁
磨成刀子杀人
我有一节车厢
装满人民开往天堂

你说七月的桥那么漫长

你说闪电的时候青蛙很安静

你说死去的人留在原地

永远年轻

我看着你的眼睛,就相信了

我有一捆大麻

请你尝一口

我有一个小秘密

不会告诉你

这是不是最后一个朝代

你来猜一猜

中央·肆

小儿子把剩饭倒进

门前的阴沟

回到板凳上继续做作业

母亲在灶屋生火,父亲去城里卖菜

各自端着各自的脑袋

大儿子去了外地的车间

脏得像另一个时代的小青年

大国崛起时,乡村路上空空荡荡

任何一个父亲

都有颗剩饭般发馊的心

在夜晚,在地下,在阴沟里

饭粒散开，顺流而下
从锁孔般的入口
来到每个当局
既安定又繁荣的内部

枯枝

皇天与后土，中间是坟墓
它安放在针叶林的中间
静静等待落日光临
亲人日渐生疏
炊烟消失殆尽
枯枝把烂了的一切缝起来
败叶落在沼泽，成为最新鲜的补丁

查无此人

伞下的世界
凡人在游动
雨花一朵一朵地开
不真实的植物，亦不虚幻
鞋子走过了多年
路还在，但底子已磨穿
我记得你侧面的模样
只是当时已惘然

一别两宽

泥牛入海,雪狮子向火。
你的嘴里
含着一颗棒棒糖。

沥青熔化,电波消逝。
当海枯石烂时
你的身上会多出一个洞

麻子忌讳芝麻,聋子笑话哑巴
你骑着驴找驴
还以为过去就是回忆

打开门,关上窗,反正都一样
你要进来便进来
我又没有说过不要你出去

快和那些外面的东西
划清界限
一别两宽,各生欢喜。

唏嘘帖

药汤来自前朝
疗效大不如前

再过一百年,今日衰减成明天

荫凉处,草帽盖着锄头
逢二时八月
我们脱衣服比穿衣服快

仿膳不如家常,吃得嘴巴寡淡
伸手摸着石头
过河过了一半,心提到嗓子眼

想想并不复杂的事
蛇进洞,鸟归巢
江湖子弟江湖老,月亮当头照

苏浅：所有旧时光证明我们活过

2010年夏天，当我站在轰鸣着的尼亚加拉大瀑布面前时，脑海里蓦然浮现出了这样一句诗："当我试图赞美，我赞美的是五十米落差的水晶"。写下这句诗的人名叫苏浅，一位大连女子。和许多同一年龄段的写作者类似，苏浅也是从网路上走进我们视野里的，但与当年戾气盛行的论坛氛围格格不入的一点是，她平静，温婉，而且笔触健康，清新。这恐怕是她最终能够从喧嚣嘈杂的写作群体中脱颖而出的重要原因之一。我曾经说过，当时代（环境）越是喧嚣的时候，我们越是应该轻言细语，因为只有这样才能避免我们被时代裹挟的可能。如同我在《观尼亚加拉瀑布》里所写的那样："最激动人心的事情／莫过于一对恋人／用最大的声音说着最无力的话语／用山盟海誓来抵消歇斯底里"。在我看来，这应该是一个有觉悟的写作者不难做到的：你无法加入喧嚣，又不能躲开他们，但你可以轻言细语地说话，把声音传递给你身边最亲近的人："如果我热爱，它就是祖国／如果我忧伤，它就是我全部的泪水"，苏浅在轰鸣声中这样呢喃着，却不曾擦拭满面的泪水。

《在峰顶的爱》是苏浅早期写就的一首成名作，奠定了她后来一系列作品的情感根基。这首单纯而澄澈的抒情诗，用一种斩金截铁的语调向我们呈示了一个女子决绝而陡峭的情感世界，这个世界并不仅限于狭隘的情爱，更有广义上的博爱、仁慈和悲悯，因此才有了"攀登"之必要。在我的印象中，苏浅写过很多类似的诗，从"清晨的窗口"到"南极的帝企鹅"，她总能从眼前和身边的物象透视过去，看到这些物象背后闪现的光斑，那里晦暗不明，如果没有一双慧眼，就很难探触到生命的真义。

"你要先把自己变轻才能／站在晃荡的水面上；你要屏住呼吸／才能接住蜻蜓，像灌木丛／克制着长满刺的身体。／——因为爱，所以忍受。"（《尚未消失的风景》）苏浅的所有写作几乎最终都会落实到"爱"这个词根上面来，看似单一，但在反复无休止的抵达中，构成了一种写作上的意味。对于她来讲，爱究竟意味着什么呢？克制、隐忍，还是激越高迈？事实上，阅读苏浅的过程，就是理解爱的过程，是一种将爱由名词转化为动词的过程，她要驱动爱的轮辐，让爱在动态中呈现出生命的活力。

"我相信确有这样一个天使，一个正确的、非凡的天使，天使让我们来做的事当然是快乐的事。所以，写诗就该是自然表达，绝不是为难自己。诗首先应该是自己的，出于自我内心不可抑制的诉求。然后，诗到来，一点点使我们身心轻盈、透彻，呼吸着词语的节奏和韵律，直到人整个地被打开、释放了。这样的时候，不是人要求诗，而是诗要求人有所表达并与她的表达同在。"这是苏浅在一次访谈中对"为什么要写诗"这个问题的回答。从这个回答中，我们不难看出，苏浅对诗歌的理解是建立在对生活的同步理解基础之上的，她不会为诗而诗，她只会为快乐而诗；反过来讲，诗歌可以帮助她体会到更深层的快乐，因为生命原本是一桩趋善逐美的事情。从诉求到表达，从释放到轻盈，苏浅的写作实际上根源于这样一种意志：人之本能的意志，如飞蛾趋火，亦如破蛹成蝶。因此，我们从她的诗歌中几乎读不到阴暗和苦闷，我们能够感受到的都是她经由内心转化之后，呈现释放出来的光明与礼赞。严格说来，这种写作与现代派诗歌的整体氛围是有牴牾的，但她甘愿冒这样的风险，也许她本来不就屑于写作上的"从善如流"。

"一生啊。它伸手抱住什么，什么就成为火焰；/ 一生怎么会这样美 / 刚开始是花瓣，后来是蝴蝶。"（《恒河：逝水》）你看，苏浅就这样任性地咏叹，并不触及火焰的内部，也不流连于生命的怒放或凋零的过程，她在乎的其实只是她此刻的感受。苏浅的优异之处在于，她始终用一种与生活状态持平的语调来处理她的这种感受，这些闪亮的词语轻盈如飞盘，如果没有同样轻盈灵巧的身姿，很有可能拿捏不稳，但她却一次次接握在手，再抛向明亮的虚空。这是一种能力，与天赋有关，也与写作者的心境有关。

作为一位出手不凡的诗人，苏浅出道不久就引人侧目了，最近这些年她似乎在四处游走，从西藏到印度，从美洲到南极，但我们从她的写作中看不出"题材写作"的任何痕迹，也就是说，她并不希望通过行走来寻找诗，她只是想在旅途中与诗邂逅。在过德雷克海峡时，她终于从翻飞着的信天翁身上幡然看见了自己的影子："太多风平浪静的日子早已消磨了 / 你留给漩涡的一颗心"（《过德雷克海峡》）。是的，我们都曾有过激荡着的漩涡之心，但真相却是，我们都安稳于现世生活的风平浪静。"她说她不是苏浅 / 她让苏浅害怕"，在这首《不可言喻》的小诗中，诗人轻声细语地对自己说道。我相信，在很多时候，我们都听见过这样的声音，它从我们内心深处传来，催逼着我们从镜子前，走到马路边，然后顺着内心的提示音往前走，一直往前走。

附：苏浅诗选

苏浅，生于上世纪七十年代，现居大连。著有诗集《更深的蓝》《写在水上》等，曾参加诗刊社第 26 届青春诗会，获《诗选刊》2004 年度中国先锋诗歌奖。

在峰顶的爱

我想你,就是现在
想你是珠穆朗玛的雪峰
那么高那么高,那么
——高——
因此可以一直
想下去
我攀登你,就是现在
一个人
慢慢地
仰起头
看见白茫茫一生
被风从低处
吹上来——

隔壁之远

邻居在另一扇门后面
邻居在自己的锁里
邻居从不使用我的钥匙
只在薄薄的相遇与陌路之间
与我隔着墙壁
仿佛苹果,挨着梨

尚未消失的风景

细雨清洁了早晨。
蝉鸣不知从何处涌来,在耳畔
起伏,夏天的呼吸
更多来自身外的事物。
雨是最清晰的。

黄昏时候,偶尔有风。
和所有那些难以把握的时刻一样,
你要先把自己变轻才能
站在晃荡的水面上;你要屏住呼吸
才能接住蜻蜓,像灌木丛
克制着长满刺的身体。
——因为爱,所以忍受。

而一切都将结束,
正如雨,曾经开始。正如雨的
不可抑止,
时间终究要落到地上,而果实
将穿过它而向上生长——
甜的苹果,酸的柠檬,
还有月亮那样说不出来滋味的。

你将看着这一切发生。
你将深入其中,仿佛静止;

你将挣脱这一切,
沿着多雨的边境,描述一个国家
独自一人。

过德雷克海峡

在德雷克海峡
西风是喝醉的风,假借酩酊
试图用一片激荡的汪洋
留住我的一生。激荡
就是被爱,出生入死
而我暗涌在心中
却缺少信天翁那样一对
敢于在风暴中横行的翅膀
太多风平浪静的日子早已消磨了
我留给漩涡的一颗心

恒河:逝水

三月无风,恒河停在黄昏。
站在岸边的人,一边和鸟群说着再见一边想起
昨夜在梦里悄悄死过无人知道。

从没有一种约会像死亡这样直接。
一生啊。它伸手抱住什么,什么就成为火焰;
一生怎么会这样美

刚开始是花瓣,后来是蝴蝶。

刚开始是一滴雨,
后来是恒河。

不可言喻

鞋子比车厢多
蜈蚣比火车长

她早晨起得晚,她让夜晚害怕

她说她不是苏浅
她让苏浅害怕

琥珀

松脂滴落。
日夜不息。
"我爱你到永远"
这是它
欲成就的。这是
它,在创造。
爱死你。
正如日后所见:
当时间使死亡

变得坚硬和透明
爱,显示出了
同样一种质地——
所有旧时光
证明我们活过。

周公度：为什么没有人给我写信

周公度写过一首流传甚广的诗，题目叫《这么好的信》，十年前当我从网上读到这首诗的时候，就记住了作者的名字。但十年之间，我只见过周公度一面，在人群熙攘杯盘狼藉的诗歌活动现场，他给我留下了儒雅而清爽的印象，而这印象恰好印证了这首12行短诗所弥散出来的气息。这是一个诗人的幸运：他通过不断地发掘，打磨，推敲，终于找到了一种只属于自己的腔调，并达到了辩音识人的效果。"为什么没有人给我写信"？这首从设问出发的诗，以一种虚拟的口吻道出了我们心中共存的那一点点渴念，如呢喃，似梦影，如这封永不送达的"旧信封"所承载的疲惫又充满幻觉的人生体验。这是一首好诗的魔力所在，圆满又自足，仿佛空空如也，却能在瞬间填满我们空荡荡的内心。

在我的阅读视野里，很少有诗人像周公度那样热衷于"写信"，或者说，他总是偏爱用这种"信笺式"的口吻和笔触来写诗（包括其他文体），更有趣的是，这个人似乎从来就不打算将这些"信"寄出去，他只是假托书信这种形式来叙述自己对生活的态度："这一封信不寄给你／不寄往这人间／我要寄这封信到死神在的刹那／告诉他切勿忘记来临之路／／信使不是你的家臣／我要使用他尽情淋漓／让信中的所有呈现了他的脸上直到他自言自语"。在这首题为《一封信》的诗中，周公度干脆说明了自己的意图，原来他写信的目的只是为了成全那个"信使"，让他在"我"与"死神"之间大汗淋漓地来回穿梭奔驰，"我要让死神见到信使的刹那说出／'啊，你什么时候带我去'"。一个不停地给死神写信的人，最终激发起了死神对他的好奇之心。"信使"在这场近乎荒谬的行为艺术中扮演了一个非常重要的角色，他甚至成了这封信本身，在来回的奔忙途中，呈现在他脸上的表情就是这封信的内容。作为一个在佛学领域浸淫颇深的写作者，周公度对待死亡，以及从荒谬的人生处境中吸取生之力量的态度，颇值得玩味。

多年以后(2013年)，周公度又写过一首饶有趣味的诗歌:《萨特信笺》。这一次，信封里面装了一句话："你是我的唯一"。唯一的"你"对应着七位不同身份的情侣。我们都知道，存在主义的大师萨特混乱而生机勃勃的情感生活，直到他生命的最后岁月，依然深情款款。诗人以戏谑的手法重现了这位哲学家的情欲世界，"以我的深吻封缄"，如遗言一般，让每一个得到这句话的人获得了安宁。

周公度早年曾经给新诗确立过一个标准："简单的词语；内在的节奏；美好的愿望。"纵观他这些年的创作实践，不难看出，他一直在做这样的努力。以最少的词汇说出最多的内容，让每一个词语都能体现出自身最大的价值，要想做到这一点并不容易，但这至少是一个值得努力的方向。《我的苦》《闭上眼睛看见你》等都属于符合他内定准则的诗，这些诗里没有花里胡哨的修辞，也没有冷僻艰涩的比赋，从"转身"到"转眼"，从"睁眼"到"闭眼"，诗歌的空间被收缩拉抻，词语的情感强度和韧性也得到了考验。在这些诗中，诗人仍然保持了书信体的口吻，平静中隐含着呼之欲出的激情。作者显然明白，对于诗歌这种文体来讲，与其咋咋呼呼，不如轻言细语，而借助于"书信"这种古老形式，往往可以达到事半功倍的效果。这种娓娓道来的言说方式拉近了诗人与读者之间的距离，不仅能让人感同身受，而且可以轻易唤醒阅读者沉睡的情感旷野。

我总觉得最好的诗歌就应该是这种可遇不可求的诗歌，最好的诗歌甚至没有来龙去脉，它突然光临，充满洞见，令人猝不及防。因此，最好的诗人应该始终保持着高度敏锐的警觉，以便随时发挥捕捉这些光线的能力，而这光亮是由一个个词语带来的，若呼啸而过的陨石，你必须敢在它熄灭之前捕获它的短暂而神秘的光亮。这对诗人的定力和心智都提出了很高的要求，而定力需要心性去长久地培育。周公度的写作在某种层面上应验了我的判断，他曾写过一首题为《我会是一个木匠》的诗："如果我重新选择，/我会是一个木匠。/我的活计很是粗糙，/打歪的钉子有一小箱。/箍的木桶不适宜洗澡，只能装红豆和大米；//然而，我做的板凳/却非常结实，/可以站在上面放置南瓜，/也可以拿它砸核桃，/如果铺本杂志，还可以搅着情人说话。"这首诗体现了作者的基本生活态度：不求最好，但求最稳。然而，正是这种力所能及的姿态确保了写作者可以在有限的空间里写出结实的作品，这作品虽然不一定是他想创造的，却是他能够创造出来也有把握做好的。

"……娘，容我叹口气。/这口气本应在夜星的天上，/有咱家菜园的影子，/却一直在我的心里。"在这首《容我叹口气》的短诗里，周公度的语气俨然流露出了人行中途的疲倦之感，这也是那个在星光下疾驰的"信使"驻足歇息的时刻，随后，他又将发足狂奔："以世间所有的深夜/为敌，复为友；/以地球上每一座你走过的城市来做我的梦境。"（《梦境》）。

附：周公度诗选

周公度，1977年生于山东金乡，现居西安，《佛学月刊》主编。著有诗集《夏日杂志》，儿童诗集《梦之国》，随笔集《机器猫史话》，小说集《从八岁来》等。

这么好的信

为什么没有人给我写信
写一封这样的信:
信里说法国式的接吻
说春天,小城和溪水

说亲爱的,亲爱的
说"秋天很美,很美
旅途有一点儿
旧信封才知道的疲惫"

说我喜欢你这样的人
说出许多质问和省略号
说"祝好。某某。
某城。某年某月日。"

萨特信笺

这封信只有一句:
"你是我的唯一"

以我的深吻封缄
请分别送至——

米歇尔·微安

海莱娜

卡尔曼·科隆巴

万达

我的养女奥莱特·艾卡姆

和西尔维·勒邦

还有你

西蒙娜·波伏娃。

落款：

Jean Paul·萨特。1980。

容我叹口气

……娘，容我叹口气。

这口气本应在夜星的天上，

有咱家菜园的影子，

却一直在我的心里。

这口气的形状——

与你给我的心，完全不一样；

它像住在咱家的狗的脚掌隙里，

咱家的狗也要踢脚甩开咧。

那——这口气，

就只能住在我的身体里。

在天上的娘,你给我的身体,
我叹口气就想起你。

我的苦

我的苦还没有吃完,
前三十年只是铺垫。

在东面有一些,
南面有一些,
西面有一些,
北面有一些。

转眼即可以看见——

天空的云里有一些,
地下的土里有一些;
在梦里有一些,
在你的身上有一些。

转身即可以触及——

我在中间走,
它们在等着我。

闭上眼睛看见你

闭上眼睛,
便看见你:

比早晨更清晰,
比黄昏还甜蜜。

睁开眼睛,
看不到你;

比月亮还遥远,
像日光在身边。

梦境

以二十四节气计算这一年的痕迹,
以窗前花与树的枯荣
判断来信的日期,
以世间所有的深夜
为敌,复为友;
以地球上每一座你走过的城市
来做我的梦境。

吕约：诗歌不知道自己已经死了

在当代中国 70 后女性诗人群体中，吕约可能是诗风最为硬朗的诗人之一，即便去掉"女性"这一前缀，这个判断也可以成立。这么多年来在对她的跟踪阅读中，我时常讶异于她对现实生活的超常规处理能力，她似乎不善于或不屑于用"曲笔"的方式来保护所谓的"诗意"，恰恰相反，她更喜欢以放弃甚至牺牲"诗意"的手段，来对残酷的现世采取真正意义上的"正面强攻"（而非佯攻），并由此获得诗歌内在而充盈的能量。

我还记得当年在读她那首《炸弹漫游》时所产生的震颤："一个穿白色西装的人携带一颗炸弹／四处漫游／寻找合适的时间和地点／这片土地像圣母怀上圣子／怀上了一颗炸弹"，随着诗人开阔的视野逡巡，我们的情感世界也随之经历了一场惊心动魄的历险，这枚"炸弹温柔地盯着每个可爱的人／表示对他们的宽恕／同时暗示他们不要做声"。吕约在这首诗歌里充分发挥了她性格里理性冷峻的一面，同时也向我们展示了她对语言、节奏完美的把控能力，在克制的叙述中将诗意淋漓尽致地呈现了出来："炸弹在旅途中借着月光立下遗嘱／禁止它的子孙／思考爆炸之外的事情"。

我不知道有多少同行在面对这类重大题材时，会像吕约一样兴致勃勃，但在我的阅读视野里，能像她这样一直对这类社会题材保持浓厚兴趣的写作者并不多见。在一首题为《诗歌不知道自己已经死了》的作品里，吕约故伎重施，再一次采用反讽、戏谑的手法，用同样冷峻客观的笔触，深刻揭示了人类的困境，直到，"葬礼上，一个孩子发现它的眼睛还在眼皮下转动／但它捐出了自己的眼角膜／所以它将永远看不见自己的死亡"。诗人在这里透过孩子的眼睛重新将诗歌从垂死的边缘拉了回来，并赋予其拯救人类的意味。这意味就是，当人类欢呼着，大声嘲笑"诗歌已死"时，诗歌正以决绝的方式担当着替人类洞见光明的任务，充满屈辱，却倍感幸福。

在吕约大量的触及现实生活的诗歌中，《爱》是非常具有代表性的一首诗。这首诗讲述的是一个老汉杀妻的故事。在当下中国，类似的故事天天都有发生，只是版本不同而已。作为一位长期从事新闻工作的写作者，吕约在这首诗里摒弃了猎奇之心，只是用平静的口吻陈述了一场生活的不幸；而作为一位有良知的诗人，吕约断然弃绝了审判者的权力，她将自己置放在了两难的事故现场，让"爱与死"的主题从客体伸展至主体的内心世界，那里晦暗不明，那里有："只有见到尸体／才敢掏出／珍藏了一辈子的／此生最像样的东西"。道德从来就不是文学的最高母题，文学究竟应该如何审度我们的内心世界，吕约用这首诗给出了回答。这才是一个优秀的写作者应该恪守的本分，她不会简单粗暴地趋同于大众的认知，她会以一种感同身受的方式去接近人性中最为混沌的那片区域。

"一个婴儿出门的时候／世界从来没有做好准备"（《一个婴儿出门的时候》），吕约作品的力量很大程度上就来自于这样一种试图还原真相的努力，把看见的说出来是容易的，而走近那些不能看或不敢看的事物，并以一种不谙世事的心态说出它们，则不太容易。"死就是／孩子对你说：你没死／而你死后不能再生孩子了"，在这首题为《孩子》的近作中，吕约终于让自己逼近了人之为人的原点，依然是用孩子的目光，依然在做着还原真相的努力，然而她得出的结论却是："如果有孩子，你就／没有死——"。在一个没有死存在的世界里，如何生就值得究考了。因此，吕约的笔下尽管大量地触及到了死亡主题，但她真正想解决的还是怎样生的问题。

2015年，吕约创作了一首形制相对较长的诗歌《叹息国》，这首作品以寓言体的形式讲述了"地球东部的一个国家"，那里的人民"发明了世界上最美的语言，／想说心里话却只能发出没词的声音。"在这首饶有趣味的诗歌里，诗人层层解析了"叹息"这一行为作为这个国度惟一的语言方式所蕴含的意义，她极尽揶揄，幽默风趣，在自嘲中解构着集权制度下的众生相："唉，这首诗也只是一声短短的叹息。／收到为纪念他们而写的这首诗，／他们决不会夸我，也懒得谴责我，／只是叹息一声，再叹息一声，／告诉我什么才是真正的叹息。"

作为一位主题鲜明风格化极强的诗人，从上世纪九十年代至今，吕约已经写出了大量的辨识度极高的作品，但更多的读者对她的阅读还是停留在《欢爱时闭上的眼睛》上，即便是这首诗，我看到人们对它的讨论仍然停留在诗艺精湛的层面上，并没有从中厘清作者从"仇恨"到"宽恕"的思想线路。事实上，吕约的写作主题一直在沿着这条线路图向前掘进："去死吧，去死吧"，这是一位诗人在抱定了玉石俱焚的信念后，在内心深处所发出的叹息，而叹息总饱含着各种复杂的情感，个中滋味需要我们在更深入的阅读后慢慢体会。

附：吕约诗选

吕约，上世纪七十年代生于湖北武穴，现居北京。任职媒体多年，著有诗集《回到呼吸》《破坏仪式的女人》，评论集《戴面膜的女幽灵》等。

欢爱时闭上的眼睛

欢爱时闭上的眼睛

在仇恨中睁开了
再也不肯闭上
盯着爱情没有看见的东西

欢爱时的高声咒骂
变成了真正的诅咒
去死吧，去死吧
直到死像鹦鹉一样应和
喊着爱情没有宽恕的名字

一个婴儿出门的时候

一个婴儿出门的时候，
世界从来没有做好准备。
它手忙脚乱，熄灭炮火，降下国旗，
修改宪法，撕毁欠条，关上电视，打开笼子，
背上旅行包，锁上门。
一个婴儿出门的时候，
世界想跟着他一起出门。

爱

花家胡同 17 号院
66 岁的大爷举起菜刀
杀了 63 岁的妻子
报纸头版上

他背对法官,读者和关帝爷
腼腆地说
"其实,我爱她……"
我们理解了他
其实
我们爱上了他

法官大人,请放心
在罪犯被处决之前
我们死也不会让他知道
其实我们
爱过他

请理解,我们的人都很害羞
只有见到尸体
才敢掏出
珍藏了一辈子的
此生最像样的东西

炸弹漫游

一个穿白色西装的人携带一颗炸弹
四处漫游
寻找合适的时间和地点
这片土地像圣母怀上圣子
怀上了一颗炸弹

这颗炸弹比它的祖先们更纯洁

它要做一件严肃的事情，不伤及无辜

也不为自己谋求利益

炸弹温柔地盯着每个可爱的人

表示对他们的宽恕

同时暗示他们不要做声

它知道他们知道

但没有人对它的到来表示震惊

也没有人表示心领神会

地铁里一个捧着日本漫画的小伙子

听到警报器发出低鸣，转过头来看了它一眼

戴上了MP3耳塞

炸弹以为自己是马槽里的圣婴或Visa信用卡

暂时没有人看出自己的危险

和妙处

它拐弯抹角地刺探每个人对世界的意见

偷听门背后一对夫妻的对话

丝绒心事重重地擦拭眼镜的声音、碎纸机的声音、螺旋桨的声音

以及主席台上的咳嗽

据此推断人们对它的意见

使命感使得它像大师一样关心自己的形象

一个姑娘在粉红的纸上画，她怎么画我？

一个老人从养老院的窗户往外看，他怎么看我？

和尚们像摇滚歌手一样唱，他们怎么唱我？

商人们在海边思考死亡像在搞慈善活动，

他们怎么思考我?
魔术师从空气中抓住热带鱼,他们能否抓住我?
摄影记者有没有拍到我?
宇航员们在去火星派对的路上是否记得我?
火星上是否也有炸弹降生?
将要出生的孩子们和其他怪物们
会不会梦见我?
你怎么看待
我们要完成的事情?
炸弹向遇见的每个人提问
连正忙着制作雕像的石头也不放过
它是一个提问之王

炸弹像蝴蝶一样掠过
所到之处没有丝毫的紊乱
没有一片树叶停止生长
没有一台机器停下来
实验室的指针按规定慢慢画出了一条条曲线
石头做的雕像已经分配完毕
每个人都在卧室里立着自己的雕像
对着它弹钢琴
炸弹不忍心打断

别人也不忍心打断炸弹的行程
狗在看动画片
医生在宣判死刑

发明家在工地上
元首们在讨论星座
上帝和菩萨在主持石油会议
所有有爪子和没爪子的
可爱和不可爱的东西
像盯着啤酒瓶盖一样
漫不经心地盯着炸弹
对它表示宽恕
甚至像摸卷毛小狗一样摸摸它

噢炸弹
他们宁肯死于一切
也不肯被你救活
炸弹感到越来越孤独
它像狗一样躺在公园的草地上
望着浮云，咽了咽口水
对自己以及自己的后代的影响力
产生了深刻的怀疑

炸弹在旅途中借着月光立下遗嘱
禁止它的子孙
思考爆炸之外的事情

黄沙子：这是我们最后一次的乔迁之喜

在我个人的阅读视野里，每隔一段时间总会冒出几位呈"井喷"状态的写作者，如火山喷发一般，辉映着周围的山川和夜空，并引发区域性的群体效应。黄沙子最近两年的写作就处于这样一种状态，活力四射，恣意汪洋。这个一向腼腆羞涩的男人，在进入中年之后仿佛触动了某个情感按钮，一发而不可收拾起来。一个人在年轻时写诗，是一件很正常的事情；当他不再年轻了，却仍然执拗于用诗歌写作，就说明这不仅仅是一件单纯的事情了，更近似于一场人生事故——他必定经历过某种情感的高峰体验，并需要借助诗歌这种特殊的载体来消耗这种的体验，来修复自己的人生。黄沙子经历过什么样的"人生事故"？除了两年前的一场有惊无险的车祸外，这位谨慎敬业的会计师似乎都过着平静安稳的生活。但这只是生活的表象，惟有诗歌能够探测到他内心的风暴。

认真阅读黄沙子的作品大略始于十年前，第一首印象深刻的诗应该是那首《坦克》："坦克开进黄石的时候，我正在漱口"，一下笔就有雷霆万钧之势，但这首张牙舞爪的诗歌经由拟人化的处理后，以柔肠万千来收笔："啊，愿除我之外的所有人／都能保佑我们的父亲"。如果说，这首诗部分体现出了黄沙子早期写作风格的话，那么，他留给读者的印象其实并不清晰，至少在我看来，总感觉他笔下的"柯尔山"系列仍然被云遮雾绕着：见山不是山，见水不是水。有论者认为，黄沙子早期的写作具有楚地"巫气"的特征，迷离，魔幻，超现实，譬如他写："我不是仙界之花，我是一座火车站，箭头朝上"（《春天让人惊讶》）；"那个地方从傍晚看过去比白天要低／像一片被露水打湿的叶子／／它的脸上有水／一些水跑掉而一些水／被吹过来的风咯吱咯吱地咬住"（《城外低地》），在他的眼中，万物有灵，因此才有水鬼、仙子、精灵出没于他的字里行间。这一时期的黄沙子活脱脱像一个巫师，头上插满鸟羽，脚趾间挤弄着泥巴，他念念有词，时而蹲守在棉花地里，时而御风而行。"我可以为第一只在飞行中／失声的灰背鸦穿上袍子，我可以／划出来年／洪排河水的拐弯区域和／携带物的滞留之地"（《无法恢复的简单事物》），各种泛滥的情绪涌动在黄沙子的诗中，带给读者亦幻亦真的错愕和讶异。但我以为，这个时期的黄沙子还没有找到真正属于自己的河道，他只是尽情地在河床上奔涌着，冲撞着沿途遇见的壁垒，汹涌，绚烂，一路向前，却没有形成让人顾念不已的自然景观。或者说，他那种喧谕式的、居高临下的语气和姿态，虽然气度恢宏，却难以直抵人心。

《花湖》的出现或许可以看作是黄沙子写作生涯里的一次转折。在这首不露声色的抒情诗中，诗人给我们带来了一种洪水过后风平浪静的开阔体验："想想我们在花湖的日子／那些壮丽的云彩和刚刚装修完毕的／房子中木头的香气。／每一天都有落叶要打扫／樱桃树在呼吸……"，这首诗的笔调迥乎于前期的写作风格，浪漫中有克制，铺排中有简省，呈示出了日常生活肌理里的美丽与哀愁，喧闹归于平静，而平静又孕育着崭新的风暴。更主要的是，我感觉黄沙子在这首诗里找到一种适合他本人气质的语调，舒缓，绵长，这调式特别适合于对往昔的追忆和叙述。也就是在这首诗中诗人开始动用后来经常出现在他诗里的一个词汇：亲爱的——这并不是一个随手拈来的词语，它的出现意味着诗人后期情感的总体走向。

我曾经与黄沙子私下切磋过我们各自的写作，在某种程度上，他笔下的"汉河镇"与我的"岩子河"有许多交集,也就是说,我们的部分写作都带有"唤醒"过往时光的功能和意图。在我看来,每一个写作者或多或少都有此雄心,这基于我们对短暂人生的不满足感,对遗忘习性的反动。

2014年《汉诗》第2期新辟了一个栏目:新楚骚,意在推举近年楚地涌现出来的新锐诗人。我让黄沙子来打头阵,他一口气发来了四十来首近作,我在认真拜读之后谈了一个感受,我曾问他为什么会写那么多的死亡,但他未正面回应。事后,我又重读了他的这组作品,终于在一首题为《平衡》的短诗里找到了答案:"湖面太宽阔了/以至于我总是疑惑一个人要怎样/才能在死与生之间保持中立,/我见过那么多人从不哭泣。"原来,他是在为那些沉没或漂浮在洪湖里的亡灵而歌哭。"原谅我从不使用坐便器/原谅我,原谅我刨开你的坟/将尚未烂光的棺材板/劈成两半,架在茅坑上//原谅它们在此生根,却再也不能发芽/原谅我从此之后便秘/现世的五谷在肠胃中迟迟不肯轮回/我只能彻夜蹲在你死后的屋顶//原谅我将这段记忆一直保留在洪湖/三十年了,从来没有揭去……"(《原谅我》)。黄沙子的许多诗歌都清晰地展现了混沌的过往生活,却不止于记录,而是让过往与现今接通,以此来推论自己的出处、来历和去向,这些用细节铺陈拼贴出来的时光之躯在腐烂中仍旧保持着人性的温度,带给我们异常强烈的震撼感。尤其是他后来的那首《乔迁》,极其冷峻克制地叙述了将亡母的遗体重新收归的过程:"将棺木中的骨头轻轻敲碎/将离开河道的水流,重新归拢到/一只崭新的坛子里,我保证这以后/不再换地方了,这是我们最后一次的乔迁之喜"。对于抒情诗来说,隐忍的力量远比宣泄要强大,我想,黄沙子在完成了这首作品之后,也一定意识到了"亲爱的"这个词所蕴含的那种近乎于热泪盈眶的能量。

戒酒两年的黄沙子终于在今年春节前夕的一次聚会中再次端起了酒杯,这位腼腆又和蔼的诗人永远不会告诉你他为什么要戒酒,又为什么会开戒,"陌生人,如果你路过洪湖/请你一定要去汉河镇/如果你到了汉河镇／请你一定要去水晶乡曾台村"（《家乡》），如果你坚持问他个中原因，他一定会对你发出这样的邀请。

附：黄沙子诗选

黄沙子，1970年生于湖北洪湖，现居武汉，职业会计师。曾获硬骹诗歌奖、当代新现实主义诗歌奖、或者诗歌奖等。

坦克

坦克开进黄石的时候，我正在漱口
打算在坦克的上盖留下一个干净、芳香的牙印
坦克向后退几步
将履带拉到树下拴起来然后离开我到另一棵
树下睡觉

坦克卧病多日
并为他的妻子担忧
我称他的妻子为黄石的孀妇，在坦克死后
在黄石
她只有一个雏鸟一样的小孩
啊，愿除我之外的所有人
都能保佑我们的父亲

花湖

想想我们在花湖的日子
那些壮丽的云彩和刚刚装修完毕的
房子中木头的香气。
每一天都有落叶要打扫
樱桃树在呼吸
不管我们到什么地方
都可以看到绿头鸭在天空盘旋
然后消失在山里。
但另外一群灰背鸭
会立刻出现
接替它们穿过云层。
湖水在涌动。
成片的蔷薇花,被我们称之为短暂的
三月刺玫瑰军团的,轰轰烈烈地开到人间。
亲爱的
无须动用这旷世之爱
我只要在你胸脯上歇息片刻
无须担心你的心跳将我惊醒。

一路走回

父亲顶着我,从永丰公社一路走回曾台
我估摸着大概有十五里路。
我抱着父亲的额头。

这是我记得的

最后一次和父亲身体的接触。

其后四十年,即使不得不

睡在同一床被窝

我们也都尽量小心地避免碰到彼此。

如果有上帝的话

唯有上帝知道为什么我能

拥抱我所能触摸的任何事物,哪怕是

病痛、交通意外、冰凉的河水

而独独不能挨一挨他的脚趾。

乔迁

棺木打开以后,我看见骨头摆放得一丝不乱

想起见过的一只小鸟,也是这样在风中瘦着身子

将羽毛和肌肉缩进骨头里

显然母亲也是这样做的,这么多年过去

她的亲人所剩无几,该哭的已经哭过

该打铁的坚持在打铁,但

也只打出了一柄小锤子——此刻我要用它

将棺木中的骨头轻轻敲碎

将离开河道的水流,重新归拢到

一只崭新的坛子里,我保证这以后

不再换地方了,这是我们最后一次的乔迁之喜

不可避免的生活

在汉河高中，我度过单纯的，也许是这辈子
最单纯的三年，我们中的一些北上的北上
南下的南下，最为亲近的几个，其间也小聚过几次，但更多的人
我没留下什么印象。偶尔听说某某发财了，某某已经死了
每当此刻我都会满怀愧疚，因为真的想不起来
一点也想不起来，谈话至此陷入沉默，仿佛他们的不幸，是我造成的。

有时候我也会回到洪湖，在母亲墓边小坐
看放鸭人将鸭子吆来喝去。我知道最肥美的那些
最赢弱的那些，都将在秋天被宰杀
但来年春天，会有更多鸭子加入。这循环往复的过程
早已被我熟知，那群少年啊，也曾在辽阔的水田中嬉戏
也曾被驱赶着奋勇前行。

原谅我

原谅我从不使用坐便器
原谅我，原谅我刨开你的坟
将尚未烂光的棺材板
劈成两半，架在茅坑上

原谅它们在此生根，却再也不能发芽
原谅我从此之后便秘
现世的五谷在肠胃中迟迟不肯轮回

我只能彻夜蹲在你死后的屋顶

原谅我将这段记忆一直保留在洪湖
三十年了,从来没有揭去
原谅我因为蹲得太久
双腿发麻而扑倒在地,醒来时
月光清澈,我以为我仍躺在床上
只是被另一个世界的你,掀开我的屋顶

唐果：亲爱的蜜蜂先生

今年春天我在大理见过唐果一面，与我想象中的情形基本一样：阳光明媚，白云低垂，清澈的溪涧覆满了粉红的落樱。现在是岁末隆冬时节，武汉阴霾得令人郁闷不已："霾中人，但愿你也能看一眼／这遗嘱，这被口罩层层捂堵的脸上／深藏着中国式的羞耻"（拙作《2015，今年的最后一首诗》）。当我写完这首饱含悲愤的诗，又尝试着用一篇短文去解读诗人唐果时，脑海里浮现出来的画面竟有恍若隔世之感。

云南得天独厚的风光地貌催生出了许多个性鲜明的当代诗人，有的苍茫，有的拙朴，有的淡雅清丽，有的逍遥自足。唐果生活在滇西芒市，许多年前我曾从那里进入缅甸，记忆里街头市面上满是高大葱郁的林木，日照充分，瓜果飘香，街市被明艳与阴凉割据，色彩对比异常强烈。那时候，我已经在网上读过唐果的许多诗了，"一条盘山公路／铺些狰狞碎石／像一盘蚊香／顶端青烟袅袅／下面积满灰尘"（《从山上回来》），笔法简约，却精准细腻。其实，衡量一个诗人之优劣有一个简单的指标，即，他（她）是否有能力让语言摆脱僵化和匠气，能否让沉默的字、词发出声响，制造出画面感来；其次，再看这声音这画面是否令人耳目一新，可以充分唤醒我们记忆深处的某些生活的片段，并藉此获得心灵的愉悦感。唐果无疑是有这种能力的写作者，她的笔下光影闪烁，动静自如，大到群山之巅，小到一只且行且止的蚂蚁，都能让我们可感可触。唐果早期写过一首题为《开花》的短诗，起首就来了这么突兀的一句："是我自己决定张开的"。后来每次读她的诗，我都会以这句话作为解读她的潜台词，自主，开放，坦然，勇于担当由此带来的任何后果，这是唐果所有的作品所传递出来的重要的信息源，你可以把它理解为没心没肺，但我更看重它敢于自生自灭的勇气。

在我的印象中，唐果从来没有写过一首令人费解的诗，甚至还可以进一步说，她可能是我接触到的当代优秀女性诗人中写得最简单的那一位。诗歌究竟应该写得复杂还是简单？如何用简单的语言和语言形式来传递复杂丰富的情感？怎样长期保持从简单中获取力量的能力？这些问题经常会困扰着写作者。唐果显然不是这些问题的回答者，换句话说，她不是一个先把问题解决后再动手写作的诗人，她更愿意在写作的过程中暴露出问题，然后再审度这些问题存在的合理性。一方面，我们知道没问题的写作是可疑的；另一方面，我们也明白问题出现了却不愿去正视它，也是不明智的。唐果肯定清楚她需要为自己的简单付出代价，这代价得她用生活来偿还，需要她更专注于身边的那些琐屑之物，从成人世界里一次次回撤，保持目光的清澈，譬如，蹲在树下看蚂蚁，站在山洼看流云……这不是所谓的孩子气，而是上帝赋予过我们却被我们遗忘了的一种能力。

"被人抱得紧紧的，挤成齑粉／非常舒服／太舒服了，都懒得去看那一地的灰／懒得去找一个漂亮的瓮"（《被人抱得紧紧的》），在这首标签似的作品中，唐果充分发挥了她非同一般的直觉能力，完全听凭语言引领着情感的走向，直到最后那只"瓮"的凸现出来，完成了对整首诗歌随性随心游走的庄重约束。类似这样的创作形制，一如我们在陶艺制坯现场所看见的场面，需要制作者具有一气呵成之功。而在唐果的写作中这场面会经常出现，乍看上去散漫杂存，却始终在芜杂中呈现着清晰的走向，如同崇山峻岭苍茫无象，却总有一条隐秘的骨脊逶迤相随。

写作这篇短文时我翻读到了唐果最新的一组诗，其中有一首题为《我只有在……》："我只有在穷极无聊的时候／才看看我的那些新诗／它们不待在纸上／没有装在电脑里／我不知道它们在哪里／我像敲打成熟的果实一样／在字库里敲下它们／再次相见，它们不认识我／我感受到陌生和排斥……"。这种"敲打"的过程显然是逼迫诗意现身的过程，诗人在这个充满劳绩的过程里收获到的并不是荣誉和自信，相反，她感受到的是"陌生和排斥"。这是一个优秀写作者不得不面对的宿命：写作并没有改变我们生活的本质，却让我们额外地生活了一次。而这一次，不仅有相见，而且有相认，更有相亲。

"留给你的，我亲爱的蜜蜂先生／就只剩下花蕊了／它因含着太多的蜜，而颤抖"，这是诗人唐果另外一首传诵甚广的诗《我把颜色给了蝴蝶》，依然是简单的语言，简单的表达方式，依然饱含着她一以贯之的情感。没有什么比这样的给予更幸福的了，没有什么比这样的幸福更接近诗歌的本意。

附：唐果诗选

唐果，上世纪七十年代生人，现居云南。1998年开始写诗，出版有诗合集《我们三姐妹》，诗集《拉链》，短篇小说集《女流》等。

我把颜色给了蝴蝶

我把颜色给了蝴蝶

香气给了麻雀

花瓣的弧形——给了雨水

留给你的，我亲爱的蜜蜂先生

就只剩花蕊了

它因含着太多的蜜，而颤抖

下雨

雨竖着下
斜着下
横着下
无计可施时
它可以倒着下

雨站着下
坐着下
蹲着下
假如它累了
还可以睡着下

被人抱得紧紧的

被人抱得紧紧的,像蛇缠住脖子
非常舒服
舒服得忘了挣扎,忘记呼吸
被人抱得紧紧的,折了肋骨
非常舒服
舒服得忘了疼痛时应该尖叫,想不起搬来江湖庸医
被人抱得紧紧的,挤成齑粉
非常舒服
太舒服了,都懒得去看那一地的灰
懒得去找一个漂亮的瓮

信

这样的季节,
你们那里农贸市场上卖什么?
我对面是丙午街,
恰逢五天一次的集市,
我点数过,
集市上卖的东西有123种。
有你见过的
大米、花生、青菜、土豆,
有你没见过的
帕哈、野苦瓜、摆夷古顿根、粉菌。

这些东西 我都想要,
今早,我仅选了黄瓜、柚子、鸡蛋和雪莲。

真的太像人了

不知从什么时候起,我有了偷窥的毛病
有一天,我去偷窥蚂蚁
我选了个隐蔽的位置,拿着书装模作样
黄槐树下,它们出现了
一只接一只,排成队齐步走
我找了半天,也没有找到那只喊口令的蚂蚁
仍然是这棵黄槐树,也许还是那窝蚂蚁
好像是自由活动时间

它们有的抱着一起,啊!太像人了
有的两只垒在一起,啊!太像人了
一只举着前腿冲向另一只,啊!太像人了
有几只在搬死苍蝇,拉的拉,推的推
啊!太像人了!有一只蚂蚁离蚁群较远
一幅不与凡俗为伍的样子,真是太像人了

开花

是我自己决定张开的
和风无关
和季节更是没有联系
不过刚好 在春天
才有了张开的心情

花骨朵像一个人的手
握久了,会疼
便想着张开
慢慢地 慢慢地张开
张开的人 舒服极了

杀柚

外面月黑风高
灯火照得房间如白昼

我从厨房
提一把明晃晃的菜刀
去杀柚子

柚子吓得瘫软
任由我摆布
我脱掉它的马甲
剥掉它的短裤
撕掉它的内衣

杀好的柚子像头颅一样
摆在红色茶几上
为了不让它滚到地上
我在它头颅正中
又补了一刀

我的墓志铭

她喜悦过、悲伤过、幸福过、彷徨过
如今，只有喜悦伴随着她
——一种小偷得手后的喜悦
她需要您的会心一笑
当您站在乳房一样，微微隆起的土堆面前

曹五木：将如此荒谬的三言两语留在人间

2007年湖南《文学界》杂志元月号上发表了我最后的一个短篇小说，题目叫《你的廊坊，我的常德》。这篇糟糕的小说中有一个有趣的主人公：曹六。这个人的原型其实是诗人曹五木。曹五木，河北廊坊人氏，曾在安徽《诗歌月刊》担任过一段时期的诗歌编辑，在此期间，他有过一次酩酊大醉的经历，后来这经历被他反复讲述、演绎，最终变成了一则在诗坛上广为传播的故事：某年春节前夕，曹五木在合肥街头醉醺醺地爬上了一辆出租车，从兜里掏出三百大洋，告诉司机，他要去廊坊。司机不明就里，收下钱，开车在街道上转悠了半天，然后叫醒睡思昏沉的他，问廊坊在哪里？五木不耐烦地咕哝道：廊坊啊，一直往北开不就到廊坊啦。司机明白这家伙已经彻底醉了，索性开车在街上又转悠了一会儿，然后停车叫醒五木，说廊坊到了。曹五木跟跄着下了车，站在冰天雪地的街面上，瞅了半晌，发现这里不是廊坊。于是，他又伸手叫了一辆出租车……如是三番之后，这位可爱的酒徒终于发现兜里只剩下了几个钢镚，廊坊显然是回不去了，最后他只得搭摩的回到了自己的出租屋。

这个故事我听曹五木至少讲过三回，每一次都有新鲜的内容被不断地补充进来。在反复的讲述中，诗人曹五木的形象以及那个合肥的冬夜愈加生动鲜明起来。然而，每次听这个故事时，我内心里都涌动着一股暖流，那是一个踯躅在异乡街头的游子，在酒后才敢流露出来的对故土家人的殷殷之情拳拳之心，那也是一位诗人在佯狂的表象之下最脆弱的时刻，犹如他在诗中所言："我有高潮之后凉丝丝的舌头"，这舌头伸出去，遇到的并非期待中的另一根舌头，而是他自己苦涩的唇角。

曹五木身上部分体现了古代诗人行吟与游侠的气质，好酒，仗义，经常在"万古愁"与"及时乐"之间摇摆。从早期的《张大鄞》系列，到后来的《书简》，再到近期的《雨中谈》《在旅馆》等诗作，我们并不难看到一个诗人在确立自我与挣脱自我的过程中所作出的艰难取舍。因此，在谈论曹五木的时候，只谈他的开阔高远是不够的，他还兼具日常生活的细腻与耐心。如同他健硕庞大的身躯不得不经常曲身于狭小的地下工作室，挪动在简易的车床旁，他必须动用电钻、电磨、铣刀、鼓珠刀，以及抛光器具，才能将各种木材、石材打造成完美的艺术品。他的外形与他所从事的工作之间所构成的反差，可以纠正我们对这个人的理解：粗犷和佯狂最终会臣服于心思缜密的结构和创造，并在日复一日的打磨中呈现出精美的质地。我曾在盛夏的武汉街头见过曹五木用长长的手串擦拭汗水的动作，圆润的念珠滚过他圆满的脸颊，一个满脸堆笑的壮汉原来也可以这般妩媚动人。

《名言录》是曹五木自感心仪，同时也是在诗坛上广为传诵的一首短诗，这首诗的节奏与作者平日的口吻非常贴切，一咏三叹，起承转合，关键是整首作品的注意力非常集中，没有让技艺架空思想，也没有让思想脱颖而出，显示出了诗人非同一般的语言掌控力。曹五木经常在酒后，在不同的场合朗诵这首诗（当然他在酒后诵读最多的还是李白的《将进酒》），作为一位富有表现力和感染力的诗人，他的音质和音色进一步凸显了这首诗的语言效果。其实，他还有一首短诗《虎跳峡》也是我喜欢的："让我夹起尾巴，脱掉毛皮／请接受我的谦卑吧，接受一个食肉动物的悲伤"，同样的调式赋予了这首诗难以遣怀的悲伤力量，也就是我在前面提到过的那种"万古愁"般的空茫无力之感:"遍山红透的,杜鹃啊杜鹃/奔腾不止的,江水啊江水/欲说还休的,美人啊美人"。为了摆脱这种无力感,诗人从咏叹转向了自省:"一个人一生要犯多少错误?/如同一条河流不停地改道。于是人类修建了堤坝……",在后来写作的这首《书简》中,我们读到了无数个类似的诘问:"我们全部的知识,对事物的认知/微弱如一团可疑的尘埃。在其中/哪一个定律能指导河流的游荡?/就好比,哪一条道德能约束男人的心?"在层层推进的自诘与催逼下,诗人也逐渐由嘻哈不羁变得冷峻起来,他写道:"你有无数的机会修正你自己/不必借助他人之手,单凭你的肉身"。肉身需要在日常中穿行,要经得住日常的打磨,才能赢得灵魂的信任。从这个意义上来看,曹五木其实相当"知识分子"气,尽管他可能在骨子里非常瞧不起这一路写作者,但事实上,他就是一位自律、苛求,同时也能从反观自省中不断汲取能量的写作者。

"阉者也有自己的尊严。"这是曹五木在《植物园》一诗中所获得的结论,这结论关乎每一种生命(物种)在进化途中必须面对的现实处境,恣意蓬勃的理想固然值得敬畏,但在委曲求全中依然绽放出来的美好,更需要敬重。所以,诗人发出了"用羞愧和凋零向轮回俯首"的感喟,就像他在《牙科诊所》中所言:

"最柔软的部分/却越来越坚硬";

"老年人来了/其中一个是我的同行——/'牙齿该老了,就像人一样。为此/我写了,很长很长的一首诗。'/诗人说,'我一步一步走向我的坟墓。'"

新年伊始的某个晌午,我刚开机,曹五木的电话就打了进来,说他近日会来武汉一趟。我几乎能够从听筒里嗅出他宿醉的酒味,也依稀可以看见即将上演的又一场大酒:一些需要撞身取暖的人携带着各自的激情,在暗中较劲,没有胜利者,也没有失败者,惟有一些温暖的诗句漂浮在寒冬的武汉街头,证明我们曾路过这荒谬的人间。

附：曹五木诗选

曹五木，1972年生于河北文安，现居廊坊。出版诗集《暴君》《语子和其他三个人的箴言》《书简》等。第十三届"柔刚诗歌奖"获得者。

名言录

我说中庸啊，我说颓唐，我其实什么都没说
言辞都在死去的人手中，一如殉葬品

青铜质地可以弹奏
麻布质地化为灰烬
我们能掌握的何其少啊
而盗墓贼何其多

达芬奇说居室狭小思想集中
因此他选择棺木
将如此荒谬的三言两语留在人间

海豚

桃核里有一只海豚
它叫唤着，顶开核桃壳
鼻孔喷着水，摆动着尾巴
消失在密匝匝细长的叶子中

八月了，桃子长得又傻又胖
桃树叶还是那么细，哦，细长的桃树叶

海豚的嘴顶开我的唇
海豚有凉丝丝的唇
我有高潮之后凉丝丝的舌头

海豚侧身游过草地
鼠尾草，蒲公英，马齿苋和车前子
海豚的尾巴分开草丛留下荡漾的波纹
它是食肉的，它要的是
蚱蜢、蜥蜴、天牛和咚咚咚的心

水杉林中，风似游鱼
海豚在树行间嬉戏
它是排练场的舞蹈家，腰身紧绷绷
纵身一跃冲出树梢，水杉林之上
湛蓝的大海飘荡着一丛丛星星

火车也有了海豚的鼻子
火车冲开粘稠的八月
海豚顺着铁轨追逐笨拙的火车
八月的大海，骄傲的海豚在迁徙

凉丝丝的海豚是高纬度的信风
它蹦跳着掠过地平线

海豚凉丝丝的，像每一个你。

合欢

1986年，我惊诧地看到路旁的合欢
绒毛一样浮现在含羞草的叶子间。
在乡村，年少的我还不会将她表达为——
"这世间惊人的美，超过
槐花和榆钱儿。"正如，多年后
在爱民西道我再一次看见她
已经知道她的第三个名字
并且学会了隐喻。这真是令人羞耻的事儿。
好比你不敢正视一个人，因为她的脚踝
让你想起了另一个人的阴阜。
它让我时时想起文学的坏处：忘了事物的本来面目。
在县城文兴路东关那儿，三四棵合欢开花了
你得知道那是两种植物：
虽然相似，但另一种叫凤凰。

论死亡

十七世纪的富源村，八十岁以上的老人
被所有人唾弃，包括他们自己。
虽然活着，但相当于死了。
富源村有朴素的哲学，那是
另一种生活，类似于某个

十九世纪初的遥远部落。
死亡太过神秘,如同生殖一样无法揣测。
"它值得崇拜",富源诗人某甲写道
"迟来的死亡由于它的伟大而令人生厌。"
同样伟大的某甲洞悉了生命的全部奥秘,他明白
能与死亡抗衡的,惟有
"生之气息"。二十一世纪的富源村
轮回依旧。王音五十二岁了。
当阳光照进六楼的客厅,陈旧的书籍之上
无一例外落满了丰厚的灰尘。
他也老了,得了糖尿病。
但真正的死亡住在隔壁,磨着
锃亮的镰刀,刀刃上闪烁着九十六岁的
咸腥的死亡气息。你看——
世代更替如盛酒的器具
三百年后,他习惯了玻璃器皿
忘却了陶制酒器女人皮肤一样的芳香。
为了活着,他离了两次婚、成了艺术家
用手机存贮卡对抗缓慢的死亡
并且决定永远活在三十岁。

植物园

我曾以为我喜欢银杏多过紫荆
其实,这是小小的误会

我以为我可以知道每一个殉道者的名字
知晓每一个人残存的希望

但我再一次错了,芦花、蒲草、獾、鹞子
统统被阉割完毕

曾经享有无上荣光的事物被迫遵循两种秩序
被强行改变的,和天定之数

在季节的杀伐里它们才收起仅有的高贵
用羞愧和凋零向轮回俯首

我知道这次不会再错了:
阉者也有自己的尊严。

槐树：给石头浇水的人

"我握着你的手/我与你之间的空气开始收缩/我们周围的空气向四面翻滚/但是我们经常忽略了我们周围的空气"，在一首题为《我们遇见的时候，我们忽略了空气》的诗里，诗人槐树再一次动用了他对周遭事物非同一般的感受力，这能力如汗毛提拔毛孔，毛孔容纳宇宙，具有超验性。事实上，这不是槐树第一次这样干，从我认识他的时候起，他就一直在这样做着：屏住呼吸，凝神定气地感知身边的一切事物。这个物流学专业出身的诗人，十年前有一个更精确的笔名：第五棵槐树，从他给自己取名的用意上，我们不难推断出，这是一个对个人生活有着非常明晰要求的人。他曾经在面包店工作过，也曾管理过大型百货公司（群光）的物流部门，这些历练培养了他面对琳琅满目的物质世界始终保持精准控制的能力，惟有这样，才能使熙攘的现实不至于淤塞。而当他将这些生活经历转化成文学经验后，我们看到，一个面目清晰辨识度极高的诗人出现在了我们的视野里。

我曾经写过一篇题为《第五棵槐树在哪儿》的文章，其中有一个判断可以挪用到这里：他"像一个手持圆规、卷尺的测量员，一丝不苟地丈量着眼前的这片世界，因为他需要在这个密实的世界里为自我找到可以腾挪的自由空间，他是那种能把自己的独特才华发挥到极致的诗人。"槐树的写作从一开始就显示出了与众不同的一面,用"一根筋"来形容他也不为过。作为当代湖北诗坛一个真正的异类,槐树深谙"自生自灭"这个词汇对于写作者所显示出来的宿命意味,所以,他几乎是心无旁骛地在既定的蹊径上独自前行,没有抱怨,甚至连挣扎的兴趣也没有。我们私下里曾有过多次交流,对于槐树这种方向感极其明晰的诗人来讲,除了"珍重"和"祝福"之外,我提不出更多建设性的意见。槐树不是那种为了博取外界眼球而选择与众不同的人,他的异质性源自于他内心深处看待世界的眼光,以及他对待艺术的态度,就像他在一段自述中所言:"艺术作品是游戏之物。我的东西也是游戏之物。我没有说我的东西是艺术作品,我更没有说我的东西是诗。"从这段话里,我们可以揣摩出,槐树对"诗"的理解是建立在"诗不是你们说的那样"这一前提之上的,那么,"诗"究竟是什么?槐树从一开始就将自己放在否定者的位置,从否定出发,走在否定的路上,专注地等待着肯定到来的那一天。假若我们了解了这一前提,就能逐步理解这个诗人旁逸斜出的各种妙处。

槐树写过一首《自画像》,让我们来看看他是怎样涂鸦的:"我用白色的颜料/在白纸上画/我的自画像"。这首诗很能体现诗人这些年来的工作情貌,他一丝不苟地描绘着自己,到头来呈现在我们面前的却是一张白纸,只有他自己心里清楚他究竟画出了什么。对意义的取缔,对情感的冷处理,对一切被赋予过"诗意"的物象毫不留情地消解,是槐树写作的最大动力所在。严格说来,在泛滥的"后现代"语境里,这种玩法已经不太新鲜,新鲜的是,槐树能从这种无意义中发现生活的全部乐趣,也就是说,他通过经年不断地"游戏",将自己全部的身心都投入在了有限词汇的无限组合中,并用这些人工垒砌出来的词汇建筑出了一条通道:万物归类,井然有序,他徜徉其中,沾沾自喜。

我一直觉得用"清晰"一词来评估槐树的写作是比较靠谱的。槐树的清晰体现在思路、方向感和表达这几个层面上,阅读他的诗最大的困难并不在于它写了什么，而在于他为什么要这样写。譬如《野花的名字》这首诗，每一句都晓畅明白，从野花的"名字"到野花的"形状"，再到你无法把野花的名字"一个个叫出来"，再到"她们的名字不可能发出声音"……槐树似乎要穷极这些野花的各种可能性，以此澄清"野花"究竟是一种什么东西。这种刨根问底似的思维方式在槐树的许多诗歌里都有体现，"发现"之于槐树的乐趣远远大于结论，因为在他看来，我们对世界的认知还远未到能够"说清楚"的那一天。因此，清晰地说话，尽可能准确地说清楚你身边的事物，本身就是一件"有意义"的事情，而找到事物与事物之间的关联，远比简单的抒情要重要得多。

即便是在这首怀念亡父的诗《在昨天的影子里》中，槐树也没有让自己陷入情绪化的境地，他依旧保持着客观的口吻："在昨天的影子里／我分明感觉到／今天是如此真实／今天我只有回忆／回忆是如此真实／我的记忆之中／父亲的过去越来越清晰／今天我只有把回忆／当作一种服丧的方式"。这是槐树迥异于其他抒情诗人的一点，他不抒情，甚至连叙述也不予理会，他只是淡淡地陈述着。

最近一段时间，槐树创作了一批以"字符数"为题的作品，这些诗严格按照作者设定的字符数分行排列。有一天他告诉我，他将一些卡通的元素植入进了诗中；另外一天，他又说他将一些网游的元素植入进了诗歌里。这个拥有一双关节粗大的手掌的诗人在谈到想象里的诗歌模样时，脸上荡漾着只有"大男孩"才有的纯真和激动。除了此时他有一副成竹在胸的神情外，其余时候他都是腼腆的，寡言少语的。

世界并不是你们看见的那个样子，我想，槐树会经常这样在心里自言自语。在《阿弥陀佛》中，槐树用"给一块石头浇水"为例，告诉我们，人世间确实存在着这样一块"会喝水的石头"，如果我们不把它当作石头来看，就能听见它喝水的声音，甚至有机会看清它的皮囊与肝脏。

附：槐树诗选

槐树：1971年生于湖北新洲，现执教于武汉某高校。著有诗集《爬》，曾获或者诗歌奖、首届湖广诗会年度诗人奖。

阿弥陀佛

给一块石头浇水

天天给一块石头浇水

浇一次两次三次四次

浇无数次

不断地浇下去

你们说

石头还是石头

但是在我的心里

它是一块会喝水的石头

野花的名字

山上的每朵野花都有一个名字

形状相同却名字不同

多么有意思

有的形状不同却名字相同

多么有意思

山上那么多野花

每朵都有一个名字

却没一个人在山上

把她们的名字一个个叫出来

山上还有更多的野花

在去年或去年的去年就凋谢了

她们每个都有一个名字

她们凋谢了

而她们的名字还能够在风中发出声音

当然这是我杜撰的

她们的名字不可能发出声音

但她们每个都有一个名字

一直留在山上

没有人能够把那么多的名字

带到山下

梁祝

她总是回忆他的样子

他总是回忆她的样子

她不知道除了回忆还能做什么

他不知道除了回忆还能做什么

他的样子在她的头脑中一点点模糊起来

她的样子在他的头脑中一点点清晰起来

后来她总是回忆他说的话

他还是回忆她的样子

后来他的话她一句句都回忆起来了

他不知道除了回忆还能做什么

后来他回忆她说的话

她的话他一句也回忆不起来了

后来他们两个慢慢变成了一个样子

两个飞到一起

什么话都不说

十五就挂十五的月亮

昨天的月亮和今晚的月亮

是几个月亮

明天也有月亮

明天的月亮今晚的月亮和昨天的月亮

是几个月亮

昨天之前的月亮

明天之后的月亮

每天都有一个月亮

那么多的月亮

如果都挂在天上

那挂得下吗

老王说,今天就挂今天的月亮

如果是明天,就挂明天的月亮

在昨天的影子里

当我在白色的屏幕上打下

在昨天的影子里

我分明感觉到

今天是如此真实

今天我只有回忆

回忆是如此真实

我的记忆之中

父亲的过去越来越清晰

今天我只有把回忆

当作一种服丧的方式

150个字符数的作品

在我们最远的记忆里

是一只野兽跟另一只野兽捉迷藏

后来一只野兽捉到了另一只野兽

在我们不太远的记忆里

是一只野兽跟一个人捉迷藏

先是一只野兽捉到了一个人

后来是一个人捉到了一只野兽

在我们最近的记忆里

是一个人跟另一个人捉迷藏

先是一个人捉到了另一个人

后来是一个人捉不到另一个人

所以另一个人在我们的记忆里

一直是挺神秘的

买火柴的小女孩

我们不说火柴

我们就说火柴盒

火柴是一样的

我们拿的火柴盒

它们不一样

即使火柴盒一样

两个火柴盒装的火柴

还是不一样

你的火柴盒的火柴总是满的

我的火柴盒的火柴只有三四根

有时一根都没有

自画像

我用白色的颜料

在白纸上画

我的自画像

我把白色的颜料涂在白纸上

我的头发是白的

我的脸是白的

我的整个身体是白的

我的朋友你们看

连我的表情也是白的

其实我是想告诉你们

我的内心是白白的
我想如果我在纸上禁不住流泪
那么我的眼泪
应该也是白色的

君儿：一念专注就是永恒

在我接触过的女性诗人中，君儿可能是话最少的那一位，见面如此，邮件往来也是这般。起初我还以为她只是与我无话可说，但后来发现她和别人也无话可说，再后来收到她的诗集《沉默于喧哗的世界》，回过头去细想这些年的交往，顿时感觉到君儿素来就是一个对自我有着清晰判断和认知的诗人。讷于言，长于思，除了写诗，她很少在作品之外说话。"说不清白是命运，说清楚了是偶然。"这是我在漫长的写作过程中所得到的感悟，而与君儿的沉默相比，这样的感悟似乎不值一提。

多年以前我曾读到过君儿写的一首题为《西伯利亚》的诗，描述她在电影里所看见的西伯利亚丛林，那一排排密不透风层林尽染的树木，她写道："我不知道在真实之境里／它还会美多少倍／这是古老的俄罗斯／我没去过的国度／正因为没有去过／我才敢写下这几行诗句"。因为没有身临其境，因此才敢斗胆下笔，这显示出了君儿对待写作审慎的态度；反过来看，如果她写的是她曾经经历或正在经受的生活，那么，她又该付出怎样的克制和耐心？在君儿的诗中，我们很难读到那些旁逸斜出的枝蔓，隐忍的情感通过尽可能少的词汇沁出来，不多不少，恰如其分，譬如这首《冉冉》："在第三栋与第四栋／楼之间／有你们称呼了五千年／的太阳／它冉冉上升／仍和往昔一样／厚重的雾气／像缥缈的海洋／没有希望使／它不朽／也没有绝望／令它停驻"。嶙峋的语言，再也不能更加简省的笔墨，但诗中所显现出来的空间感和情感的张力并没有减弱。即便在她悼念亡母的诗歌《子欲养》里，我们也读不到惯常的泛滥的情感宣泄。在当代抒情诗的写作中，节制应该视为一种美德，但如何才能做到节制，君儿用自己的作品给出了一份别致的答卷。

"是的／我们也可以说出／身边的苦难／但这苦难总是如此浮浅／应该怎样尝试叙述／并把真实变成美感"，在这首题为《读策兰（之二）》的诗中，诗人君儿已经明白无误地对自己的写作提出了要求，即，通过叙述，让我们充满苦难的现实生活呈现出文学的美感。落实到具体的文本中，诗人的工作不外乎两点：一是在场感，二是丰富性。前者要求我们有一种直视自我处境的能力，后者则要求我们不断挖掘人性深处那些潜在的情感，比如那种悲欣交集的情感，那种火中取栗的勇气。君儿的许多作品都将注意力径直投射到了这两个方面，她的诗很少游离于个人现实，同时她也尽可能地在个人现实与公众现实之间形成一种关联，达到某种程度上的共振。譬如这首《八十年代》，描述的是当年她被倒塌的猪圈所活埋的场景，"从此知道了被活埋／的滋味是什么／哦，对了／全部的猪安然无恙"。一个从猪圈里逃出来的幸存者，尽管多年以后想起此事仍旧心有余悸，但她对生命的珍惜还是扩展到了那些安然无恙的猪身上。读者只要结合诗题，就能读出这首小诗中所蕴含并溢出的复杂情感来。我们总说，真正的诗歌往往不是诗人写出来的那一部分，而是他（她）没有写出来的那一部分。然而，一旦落实到具体的写作中，往往就能够见出诗人技艺的高低。好的诗人必然有这样一种控制力，他（她）总能用尽可能少的语言"说出"尽可能多的意味，而不是仅仅停留在意思的层面，也不会朝所谓的意义直奔而去。

《热爱让我拥抱了它们的名字》是君儿广受好评的一首诗，这首诗的结构简单，匀称，甚至过于工整单调，但它集中体现了诗人对待生活、生命以及写作的态度：真挚。所谓"一念专注就是永恒"，生动地刻画出了诗人君儿的个人形象，这形象既与她"沉默于喧哗的世界"的形象相吻合，也与她一以贯之的写作姿态相熨帖。

我在阅读君儿的过程中，常常会产生这样的幻觉，仿佛能够看见站立在这首或那首诗歌背后的诗人本身，那是皮肤黝黑的君儿，那是正在落发的君儿，那是海棠花开、口腔溃疡的君儿，那也是把脚伸进太平洋里来回涤洗的君儿……"哦，哦亲爱的 这煽情里面／其实有多少苍茫之感"（《海棠花开》）。而这些"苍茫之感"被诗人内化为一桩桩事件、一个个业已消逝或正在遁去的亲人，不动声色，却令人唏嘘不已。

附：君儿作品

君儿：原名李铁军，上世纪六十年代生于天津，著有诗集《沉默于喧哗的世界》。

色与空

儿子 我没想到
我曾遭逢的尴尬
你也要重新遭逢一回
比如肤色
我们竟成了介于
黑人与黄种人之间的
又一物类
在非洲显得白
在亚洲显得黑

如果我们为此骄傲

其实又有什么不可以

给不在世的姐姐算命

姐姐

以前我用书

现在我用电脑

给你算命

给一个不在世的人

算命

这有多荒谬

你得了四十六分

我得了五十八分

我们姐妹都没及格

十二分之差

你赴黄泉

我仍在尘世上

懒惰　梦寐　挣扎

姐姐

屏幕雪白

我看不到你的音容

你现在的世界

是什么样的

如果也是六十分

才算及格

那我们姐妹的同病相怜

要持续到第几次

轮回

第几又几分之几世

以后

歌钟

头发越掉越少

我想好了

等到"全裸"时

就去买个假头套

买个十八岁姑娘的外表

去大街上招摇过市

去陌生的远方开辟梦想

让假头套替我逍遥快乐

让假头套替我神魂颠倒

让假头套替我去挣钞票

让假头套替我应付填表

而真的我

秘密坚守一个秃女的谦卑与骄傲

身体变轻灵魂出窍

那是我的血由红变黑

那是我的繁华在体内葳蕤

海棠花开

海棠花开了

在楼前的院子里

不多不少 十五棵

全部盛放

隔壁人家装修的电钻声声

而它们悠闲 自在

一年一度

摇摆在春风中

它们的后方有一株无花果树

它们的前方有几棵白腊

而它们的前世

这人怎么可能知道

每年海棠开时

就是我该得病的时候了

一个冬天积累的火

化为嘴唇口内喉咙里的溃烂

一个肿着一边脸的女人

对着越开越好看的花

自惭形秽

但这不也是另外一种

——恩遇和感怀

哦亲爱的 这煽情里面

其实有多少苍茫之感

说话间一只麻雀来了

停在它的上面

一片夕阳的光来了

停在它的上面

它们水乳交融我却在这一刻

生出那么一点嫉妒 对美还是

对流逝 对初始的洪荒

还是对生命的无望

嘿宇宙 我是你无边无际中的一只小鸟

我吟着我的谢意

它们也是风中那一枝枝海棠

热爱让我拥抱了它们的名字

我在乡下老家有几棵树

我在城里楼中有几本书

我曾以为生命就是日夜不息起床睡觉

但它们告诉我奇迹就是那小鸟飞腾

我在远方有几个朋友

我在心中有一个渴望

我曾以为今生今世没什么可留给光阴

但它们告诉我一念专注就是永恒

我在电脑中有几卷诗

我在头脑里有一堆词

我曾以为它们是世上最难的数学

但热爱让我拥抱了它们的名字

八十年代

那年

我被突然倒塌的猪圈

埋在了里面

确切说是猪圈的

一面墙

父亲将我救出

记得当时脸上起了一层

难看的疙瘩

很长时间下不去

从此知道了被活埋

的滋味是什么

哦,对了

全部的猪安然无恙

在太平洋洗脚

太平洋绿色的海水

洗着我的脚心

有乳房有男性器官的姑娘们

在睡觉

我的祖国离此两个多小时机程

我的家在被污染的大陆北部海域
它们每一滴水都渴望汇入
镜子一样的太平洋
像我一样

刘川：衣服们，你们这是去哪儿

刘川是一位辨识度很高的诗人，从第一次读到那首写墓园的诗《地球上的人乱成一团》开始，我就记住了他的名字，尽管这么多年过去了，我们从未谋面过，但对他的诗却一点都不陌生。我一直觉得读者与作者之间存在着一种天然的相互辨认的关系，从试探，到打探，再到确认，这里面的确有某种无法言说的自我筛选和滤化的过程。从这种意义上来看，读者和作者其实都是幸存者，他们在各自的空间里独自运行，最终确立了在茫茫人海中相互呼应的关系。不久前，我在一篇访谈中读到过刘川的一段话，他说："我永远是一个悲观主义者。"我想，这也许是我对他的写作抱有好感的原因之一，尽管我们在处理诗歌的手法上有很大的差异，但面对同样的生活主题时，整体的情感走向却不会有太大的偏差。

在《地球上的人乱成一团》这首诗里，刘川采用了一种俯视的广角，从高处来定焦混乱无序的"地球上的人"，核心的词语是"梳子"，它对应着"一排排墓碑"，最醒目的动作是"梳"——这种居高临下的姿势在当下的写作语境下，其实存在着风险，因为稍不留神就可能流于俗套，变成了一种油腔滑调的写作。但是，当我们在阅读这首诗的时候，却感觉到了一丝庄重和沉痛，究其原因，恐怕与作者在这首诗里所预置的情感有关：他没有作壁上观，而是满怀悲悯之情，从而有效地避免了诗意的悬空状态。

不止这一首诗，刘川的很多作品都采用了类似的视角，譬如《通往火葬场的路上》《这个世界不可抗拒》《长城》《信仰》等等，都是从大处或高处着笔，然后径直地将镜头推向小处或低处，找准穴位，扎进去，这种"精、准、狠"的手法是诗人刘川最为擅长的："每块墓碑就像一块橡皮/（放在墓园这只大文具盒里）/用来擦掉一个个人/我天天纳闷/我们每一个人/都什么地方/被写错了呢"（《人是错字吗》）。刘川在写作这类诗的时候，最让人感觉不可思议的是，他明明充满了嘲讽，戏谑，却给人一本正经之感，仿佛这样的想法早已根植于他的天性深处，没有任何夸饰，也没有任何基于智力上的沾沾自喜，有的只是发自内心深处的无边无际的悲凉。

除了独特的视角外，刘川的诗歌还时常显露出纯真的力量，《北京太大了》就是这样一首诗，倘若我们隐去作者的姓名，你完全可能以为它出自一位孩童之手，因为它几乎没有任何雕饰，平铺直叙，通过"大""多""杂""乱""挤"这样一组直观情景的陈述，最后得到了一个令人惊讶的发现："时间久了/我便变成了/一张人样子/再也不是人了"——这个发现看似简单，却指向了人生的荒诞面。然而，刘川最终要做的不是对荒诞的简单呈示，而是揭示出潜藏在荒诞背后的人性的丰满和人生的不堪。读刘川的诗，有时候你会情不自禁地跟着他一起发出这样的讶异：怎么这么多的人啊？他们都在干什么？……这种只有孩子才会发出的疑问充斥在刘川的作品中，让我们不得不一遍遍反躬自省：我们是怎样走到这里活到今日的？

我一直认为，对好奇心葆有时间的长短应该视为诗人写作寿命长短的重要因素，诗人置身于红尘，但"看破红尘"却不是诗人的使命，对圆滑、世故拒斥力度的大小决定着你对生活感受力的强弱，而好奇心和感受力正是决定一个写作者最终能走多远的关键。刘川的写作进一步强化了我的这个判断，在一首题为《过肉铺一咏》的小诗里，他写道："新年过完/到这里一转／惊讶地发现／人还是人／畜生还是畜生／抡刀的还在抡刀／被宰的被切割的被剥的依旧／不吭一声"。这已经不是简单的发现了，但诗人的口吻却依然有着孩童般的平静和天真，而读者呢，却能从他平静的叙述中体验到彻骨的寒冷，而这才是我们置身其中欲罢不能的尘世。

同样是在我上面提到的那个访谈中，刘川说道："惟有悲悯，对人彻底无私的关怀，能够让我有恒久的力量，勇敢直面人生，不再依附甜腻腻的修辞美学，在'文本'与'经典'的虚拟童话里耗费光阴。"由此我们不难看到，刘川之所以越来越倾向于使用简洁的、近乎孩童似的语言表达方式，并非出于审美策略上的考虑，而是试图以一双清澈的慧眼去过滤这浑浊的人世。

"那是一挂鞭炮／与一盒火柴／放在一起的／那种宁静"（《心境一种》）。在我看来，这是诗人刘川这些年来对自我生存境遇的真实写照。在放弃了对流行的诗歌美学的追逐之后，他拥有了达观从容的生活和写作姿态，但在宁静的表象之下，紧张感却从未消失。

附：刘川诗选

刘川，1975年生于辽宁阜新。著有诗集《拯救火车》等。曾获首届徐志摩诗歌奖、人民文学奖等。现居沈阳。

月满中秋

比喻真好

饼在天上

可是啊可是啊

年复一年

我在饼下
没等到渣

心境一种

此刻我的心异常宁静
但我知道
那是一挂鞭炮
与一盒火柴
放在一起的
那种宁静

地球上的人乱成一团

我总有一种冲动
把一个墓园拿起来
当一把梳子
用它一排排的墓碑
梳一梳操场上乱跑的学生
梳一梳广场上拥挤的市民
梳一梳市场混乱的商贩
只需轻轻一梳
它们就无比整齐了

通往火葬场的路上

我拦住一套西装
一套中山装、一套牛仔装
一套文雅、漂亮的连衣裙
衣服们,你们这是去哪儿
我们去把肉体运到那个火炉里
倒掉

拯救火车

火车像一只苞谷
剥开铁皮
里面是一排排座位
我想象搓掉饱满的苞谷米粒一样
把一排排座位上的人
从火车上脱离下来

剩下的火车
一节节堆放着城郊
而我收获的这些人
多么零散地散落在
通往新城市的铁轨上
我该怎么把他们带回到田野

这个世界不可抗拒

世界上所有的孕妇
都到街上来集合
站成排、站成列
（就像阅兵式一样）

我看见了
并不惊奇
我只惊奇于
她们体内的婴儿
都是头朝下
集体倒立着的

新一代人
与我们的方向
截然相反
看来他们
要与我们势不两立
决不苟同

但我并不恐慌
因为只要他们敢出来
这个旧世界
就能立即把他们
正过来

过肉铺一咏

新年过完
到这里一转
惊讶地发现
人还是人
畜生还是畜生
抢刀的还在抢刀
被宰的被切割的被剁的依旧
不吭一声

在孤独的大城市里看月亮呀

月亮上也没有
我的亲戚朋友
我为什么
一遍遍看它

月亮上也没有
你的家人眷属
你为什么
也一遍遍看它

一次,我和一个仇家
打过了架
我看月亮时

发现他

也在看月亮

我心里的仇恨

一下子就全没了

雪女：谨慎维护着对成人世界的热忱

从诗学交流和诗人成长的角度来看，新世纪最初的那十年可能仍然是现代汉诗发展最好的黄金十年，无数诗歌论坛的出现，各种诗学观念的交锋与碰撞，涌现出了许许多多面貌清晰、风格独特的新诗人，他们的成长和壮大后来成为汉诗走向繁荣与成熟的重要标志。

我大约在 2002 年前后接触论坛，主要在"或者"诗歌论坛活动，两年后与一帮同仁另起炉灶，创办了"平行"文学网。也就是在这期间，我读到了一个 ID 名为"水晶钥匙"的诗人的诗，那时候我还不知道她已经以"雪女"的笔名写诗多年，并发表过大量的作品。网络的神奇之处就在于，它在匿名的同时能部分确保作品的真实力量，写得好的终究会脱颖而出，写不好的再怎么闹腾也不管用。在我记忆中，那个时期的"水晶钥匙"总是隔段时间来论坛贴一些诗，沉静，从容，尽管也参与各种话题的讨论，但言辞温婉，鲜有激愤之语，而她的诗也显示出了一个成熟诗人对语言的良好驾驭能力，惟一让我感到不满足的是，这些作品在凸显个人面貌方面还有所欠缺，还不足以将她从恣意汪洋的诗歌洪流中托举出来。

2008 年前后，我读到了雪女的《雪人》《华丽的悲伤》和《四人房间》等一批诗，感觉到一个优秀的诗人已经慢慢向我们走来。尤其是我在读到了她的那首《乌镇百床馆》后，已经毫不犹豫地认定，这是一位具有语言杀伤力的诗人,尽管她掏刀子的动作并不麻利,甚至多少显得有些迟缓,而且她的神情也不具备杀手的冷艳和果决,但其紧握刀鞘的手却没有丝毫的犹豫。"在曾经喜爱的松木床、桦木床或樟木床上,/她不断把自己放平,放低,直到/彻底放弃。模拟幸福表情,现出痛苦状。/闭上眼睛的样子,形同死去。/昏睡,生病,做爱,形同死去。/而她不屑于将这些卧具/称之为坟墓。"(《乌镇白床馆》)这首诗里面有一些惊心动魄的东西在慢慢溢出,从远处模糊的某个角落一直流淌到了我们的眼前、脚底,令人惊悚,更关键的是,整首诗的氛围是弥散的,在陈腐阴郁的气息中呼应着作者对待生活的态度。在有了这样一首既能让读者眼前一亮,又让作者身心透亮的作品垫底之后,雪女的写作面貌愈加从容清晰起来。她似乎终于找到了一条打开自我的通道,不再拘囿于患得患失的"诗意"小伎俩,或者,干脆说,她用一种合适的语调唱腔展现出了诗歌的抒情力量,而这种力量正被一个叫"现代性"的家伙冲刷得几近失传。

"读经的牧师鼻音浊重,经文/几乎全从鼻腔涌出。/年轻母亲怀抱吃奶婴儿端坐门旁听得渐入佳境。双重喂养/使孩子两眼清澈透明。/哈利路亚!我们赞美/从他细密的头发到他晃悠的小脚丫。/他望向谁,谁就送去笑脸。"(《哈里路亚》)这首带有歌咏性的诗是雪女旅欧归来后写就的一组作品之一,诗人将整个身心都置放在一种肃穆庄重的生命现场,从看见到唱出,从呢喃到咏叹,每一处细节都对应着高旷和辽远,充满了不由自主的感染力。倘若没有情感的链接纽带,写作者很容易陷入猎奇或走马观花的窠臼,但我们从雪女处理这类题材的方式上看到,她已经浑然不觉地将自己投入到了神性的怀抱,而这种倾情投入却是在她长久思虑之后所达成的圆满。

在一首题为《初春》的诗中,雪女曾向我们展示过人世的薄凉:"鸟鸣声有多么轻脆/无喉者就有多么寂静"。倘若我们把这首写于几年前的作品与《哈里路亚》比照,就能看到诗人最近几年心境的转变。事实上,每一个诚恳的写作者都有过这样一个不断自我修剪成型的过程，顺利完成这个过程惟一的法宝就是专注和耐心。

雪女的写作有一条明晰的生长轨迹，就像她在《初春》中所感叹的那样："亲爱的，我转述这些身边的景物，/没有哪一样不是悲凉丛生"。在承受悲凉的过程里，诗人并没有陷入自怨自艾的怀抱，相反，她将目光投向了人世间与她一样共荣共衰的对应物身上，如她在《蜘蛛》里写道的；"由于孤独而悬垂的身躯，/用那么多腿支撑着，还是下坠。/一下下坠的中心，动摇了你/一部分的控制欲。/它丑陋的头部和羞怯的尾部/为了爱，分别顺应了引力。"被孤独感所造就，为孤独感所驱使，卑微的生命需要爱来彰显，而诗人就是那种能将爱意充分发掘和释放出来的人，就像雪女笔下的那位形同"困兽"的父亲，无论他多么癫狂，在面对"总是微笑不语"的母亲时，满是缺憾和窘境的生活才具有了缝缝补补过下去的理由。

同样是在那组旅欧诗篇里，雪女向我们贡献出了另外一首经得起再三咀嚼的杰作：《无尽的长眠有如忍耐》。"云雀清亮，乌鸦喑哑，/新的一天它们各有表述。"一种从宁静获得的饱满的力量充盈在这首诗的字里行间，每一个词都如碑文一般熨帖在大理石上。原来死亡也能这样流光溢彩，原来不堪的生活因为些许的温暖，也能够让我们重拾生活的信念，并让我们愿意继续"谨慎维护着对成人世界的热忱"。这是一个真正成熟的诗人用语言造就的一种现实，它与我们的日常生活平行共进，它并不遥远，只需要我们诚实地打开身心，感受生活的本来面目。

附：雪女诗选

雪女，上世纪六十年代生于山东，现居合肥，写诗，旅行，摄影，编杂志，作品散见各类报刊及网络选本，出版有散文集《云窗纪事》。

无尽的长眠有如忍耐

整个上午,罗马新教徒墓园中的三只猫
和我一样踯躅、伫立、蹑手蹑脚。
它们比我更轻、更轻地踩向
这片虚无之地,仿佛为我探路。
男人在睡觉。女人在睡觉。小孩在睡觉。
被雕的天使也垂敛了羽翼,引颈入梦。
这无尽的长眠呵,有如忍耐
清晨翻然醒来的万物。
云雀清亮,乌鸦喑哑,
新的一天它们各有表述。
鲜花开得哀而不伤,松树
覆于其上,高展静穆之姿。
我前来拜谒的诗人——济慈和雪莱
已化身为崭新的蕨类植物,随风摆动

哈利路亚

但见白色窗纱拂动。风从遥远天边
抵达这里。只为歇息。只为垂注。
读经的牧师鼻音浊重,经文
几乎全从鼻腔涌出。
年轻母亲怀抱吃奶婴儿端坐门旁
听得渐入佳境。双重喂养
使孩子两眼清澈透明。

哈利路亚！我们赞美
从他细密的头发到他晃悠的小脚丫。
他望向谁，谁就送去笑脸。
新生命给每一个人带来喜悦。
带来喜悦的还有爱的根植，忏悔
流下的泪水。当我们抬起头
望向上帝隐居的辽阔天空，
多么蔚蓝，多么慈悲。哈利路亚！

困兽

今天早晨，父亲挥起镰刀
大肆砍伐栅栏外的一排柏树。
我正在窗前浇花，抬头便看见
他这举止疯狂的一幕。
我阻止他，问他为何要这样？
他说它们挡住了他的视线。

此前，他坐在防滑瓷砖铺设的院子里。
每一块瓷砖的图案，拼接在一起
形成一个相同的大图案。
他坐在上面，仿佛被环环紧扣的奥秘吸附。
一排白色矮木栅栏外，
被削去头颅的柏树丛凭着下半身
仍在强劲地生长。

父亲在我的责备声中停下手,
转身与我无言对峙。
他闭着一张无力辩解的嘴,
却瞪着一双混浊挑衅的眼睛。
后来他屈服了,将手中那把
绿漆铁柄镰刀放回了工具箱。

这位当年抗美援朝的老兵,年轻时
经常当着母亲的面,说他差一点
娶了朝鲜女人,生活在另一个国度。
母亲总是微笑不语。
我们几个孩子一脸不屑地看着他,
像看一个陌生男人。

有所忆

由于遇见你,我部分地长大了。
但我从没和你说过一句话。
钻天杨在半空喧哗,无垠旷野
都随我陷入了沉寂。
冰冷的针管,二三种药片,
医治着我的疑难症。
隔壁病房的少年,再一次
违背了医生的嘱咐。
就在那年秋天,我重拾信心,
谨慎维护着对成人世界的热忱。

乌镇百床馆

她用半生时间消磨在床上,仅仅是
不让身体倒在其它地方。
当睡意来临,病痛与情爱
需要一张新床铺,
她选中了红木制作的。
漫长的岁月中,她不擅出双入对,
跟男人分居多于跟自己分居。
在曾经喜爱的松木床、桦木床或樟木床上,
她不断把自己放平,放低,直到
彻底放弃。模拟幸福表情,现出痛苦状。
闭上眼睛的样子,形同死去。
昏睡,生病,做爱,形同死去。
而她不屑于将这些卧具
称之为坟墓。

是否有一张床,让她
得到过安歇?中年以后,
她爱上了一丝不挂的裸睡,
并渴望缩小成婴儿。

剑男：悲伤的少年一直睡到了初阳升起

上世纪八十年代中期，在我就读的大学校园有一个偷偷写诗的青年，直到有一天，有人从他的垫絮下面翻出了一沓整整齐齐的诗稿，他的诗名才逐渐浮出水面。这个沉默寡言的诗人不知何时给自己取了一个寒光闪闪的笔名：剑男。三十多年过去了，我还依稀记得第一次去拜访他的情景：他正趴在寝室床前的条桌上，面前横摊着一叠稿纸，左手握着钢笔。剑男来自湖北通城，那里的方言极为独特，语音、语法，甚至某些词汇，至今仍保留着大量古汉语的特征，譬如他们把"我"还叫作"吾"，把"白天"叫作"日里"，把"女孩"叫作"姑特"，"去玩"叫作"欠戏"……自幼在这种语境里长大的人突然置身于充满普通话的校园，不适之感可想而知。"我索性把自己当成了哑巴"，剑男后来回忆说，在入校的第一年，他几乎没有开口说过话。他把自己想说的都悄悄写成了分行的文字，这些明显带着鄂东南地貌和风物色彩的诗句渐渐传遍了桂子山。

"金子的运草车，它驰离的地方／我的故乡围绕着粮食哭泣"。在最能体现剑男早期创作风格的诗歌《运草车》里，一种沉郁而坚韧的基调已经得以确立。现在看来，尽管这首诗还多少带有当年流行的"海子式"的抒情风格，但仍然不失为一首情绪饱满、语调优美的作品。而真正让他彻底摆脱他者的影响，进入自给自足的诗歌空间应该是十年之后他写出的那首《在临湘监狱》。我不清楚这两首作品之间的时光是怎样悄然流逝的，但我清晰地记得那些年里发生在我们之间的诸多往事，当年意气风发的"校园诗人"一个一个被生活庞大的身躯挤搡到了天涯海角，独自品尝生活的甘辛，没有人能够幸免。屈辱，卑微，碌碌无为，在日复一日的消磨中，写作变成了后半夜的自我审视。"穿过南江河到临湘，我带着新婚的妻子 / 去看望我的一个朋友，河水快干涸了 / 像秋天缩紧了身子……"，多年以后，一种历经沧桑的语调使剑男的诗歌发生了质的飞跃，绚烂让位于隐忍，喧哗归于宁静，诗人用陈述的口吻将一桩人生的悲剧演绎得栩栩如生。"你以为哪里不是监狱？"与其说这是我们在探望囚徒，不如说这是我们在探访我们自己。

我时常庆幸自己身边有这样一群可以相互撞身取暖的诗歌兄弟：因为胸无大志，所以活得充实；因为善良隐忍，所以相处融洽。在崇高与卑微之间，一个写作者选择从何处开始运笔，往往左右着他今后的生活态势与精神走向。所幸的是，剑男和我一样都义无反顾地选择了后者，自愿成为这个时代我们个人生活的忠实记录者，放弃了高蹈，却没有弃绝对诗意的寻找。剑男写过一首题为《我从不说孤独》的诗，这首诗以直抒胸臆的笔法坦承了他对人生的态度："黑暗深广 / 我要告诉那些没有经过长夜的人 / 万物都会在它的怀中复活 / 孤独不过是世间万物共有的属性"。从这首诗里我们可以清晰地捕捉到诗人这些年里的精神活动：一介书生独自徘徊在书斋与人群之间，从喧嚣的白日走到停电之夜，有哪些是他无法在尘世里安放的，又有哪些是他必须在尘世间担当的，在反复的掂量中他做出了有尺度的选择。

剑男近几年写作的转变或许都与这种谨慎的思考和选择有关，相比于他早期作品的优美与感伤，他晚近创作出了一大批素静、沉稳的诗篇，它们或以小见大，或大中见小，真实的影像与真挚的情感交织互融，形成了一组以家乡幕阜山为远景，以现实日常生活为近景的开阔画卷。可贵的是，无论我们从这幅画卷的哪一处开始浏览，都可以毫无障碍地找到我们曾经共同拥有，而现在仍在孜孜以求的那些东西。在这批作品中，剑男找到了一种自信的、完全能够把控的语调，虚实相接，转换自如。譬如《上河》，一种舒缓的达观的中年之态得以完美地呈现："不再有浩荡的生活／不再有可以奔赴的远大前程／上河反而变得安静了，并开始／映照出天空、山峰以及它身边的事物"。这种澄澈的力量在剑男后来的作品中被一再凸显出来，有时如《上河》一般，但有时却以另外一种还原人生况味的方式显现，譬如在那首《晒被窝》的诗里，诗人通过白描的手法叙述了一个年轻的女子在春天晾晒被褥的场景："桃花还未开放／被窝也是干净的／只有一块地方有洇湿的痕迹／她将被窝仰面搭在竹竿上／用手抚了抚／脸上不觉飞出桃花的红晕／时候还是早晨／朝阳已生起了灶火／自己的男人还在睡觉／当她侧过身看见／婆婆端着满脚盆的／衣服从屋里出来／她又把被窝翻了过去"。这种在不经意间发掘诗意的能力，更能体现出诗人日臻成熟的语言技艺。

写剑男的时候我的思绪常常会跳回到三十年前大学校园里，从高大的香樟树下的石凳旁，到茂密沉郁的桂花香气中；从锅碗瓢盆的咣当声里，到人去楼空的阶梯教室……啊，美好的八十年代像一个梦，人影幢幢，只留下了几张清晰的面孔。我记得，我们曾借助明灭的烟火彼此打量过对方，并约定，一定要写到60岁。而现在，我们都已经置身于这两个梦境之间，一端依然是在黑暗中明灭的烟火，另一端却是日渐昏花的老眼。"我担心再也不能咬紧牙关／担心胃在饥饿，仅有的食物却／塞在牙缝，人世有大悲伤／我却不能一字一句清晰地说出"（《牙齿之歌》）。这是剑男在牙齿开始松动之后对自己发出的警示，这个当年因担心自己口拙而沉默寡言的青年，如今再也不用担心了，因为那些令人费解的语音已经化成了他的写作资源，但是悲伤依然存在，屈辱仍在经受："早前的一阵乌云，笼住人生中惯有的灰暗／但好在天已慢慢升高，透出如黎明的光亮／这么多年，这是我第一次看见被孤寂压低的村庄／是我第一次看见它的屈辱，在被雨水／洗涮之前有着黎明的模样"（《山雨欲来》）。那么，就让它来吧，我们还在这里。

附：剑男诗选

剑男，原名卢雄飞，1966年生于湖北通城。发表有诗歌、小说、散文及评论，有诗歌入选多种选集及中学语文实验教材，著有《激愤人生》《散页与断章》《剑男诗选》，现在华中师范大学文学院任教，《语文教学与研究》主编。

在临湘监狱

穿过南江河到临湘，我带着新婚的妻子
去看望我的一个朋友，河水快干涸了
像秋天缩紧了身子。"迟早有一天
我要他付出代价，迟早。"我路过
十里铺时想起他去年的那句话——
那时我的朋友在八角亭中学教物理
他美丽的妻子在一家保险公司做文员
绯闻在她和她的领导之间像霉菌一样
让他喘不过气来，在春天的时候
手无缚鸡之力的他终于把一把尖刀
捅进了那个大腹便便的男人的心脏
偏左的位置，到秋天的时候，他就
被送到临湘监狱了。今天刚好一周年

我和妻子走过一大片收割的稻田后
终于到达监狱门口，在接待室，我
发现他变得黝黑和健壮了。——
"我刚挖完水沟回来。"他挺了挺身子
我从背包拿出带给他的香烟、火腿肠
说在这里还习惯吧，只见他眼睛
突然红了，说："你以为哪里不是监狱？"
语言还是和从前一样充满锋芒，我
赶忙给他介绍我的妻子雅儿
他笑了笑说："这也是监狱，甜蜜的监狱。"
接着我们又谈了一些其他的事情
包括男人的血性、冲动和屈辱
但从头到尾，我们都没有谈到天堂

山雨欲来

我行走在丘陵，两座山之间有什么
孤单地悬着？天慢慢暗下来
接着又是哪里来的光晕辉映着它们的肩膀？
那些匍匐在它脚下的村庄卑微地
点起幽暗的灯火，生命压得多么低
像黄昏的宁静压住的，快喘不过气
又像早前的一阵乌云，笼住人生中惯有的灰暗
但好在天已慢慢升高，透出如黎明的光亮
这么多年，这是我第一次看见被孤寂压低的村庄
是我第一次看见它的屈辱，在被雨水

洗涮之前有着黎明的模样

昨夜的乡村一定大哭了一场

昨夜的乡村一定大哭了一场
你看潮湿的屋顶，水汽蒸腾的地面
草叶上的露珠，少年脸上的泪痕
以及他身旁新坟上不再飘动的白幡
它们都洗净了身子，陪着
这个悲伤的少年一直睡到了初阳升起

上河

阳光是逆着河水照过来的
照着挖沙的船，日益裸露的河滩，以及
河滩上零星的荒草，说是河
其实是众多的水荡子，因此远远看上去
就像一面打碎的镜子散落一地
不再有浩荡的生活
不再有可以奔赴的远大前程
上河反而变得安静了，并开始
映照出天空、山峰以及它身边的事物

山腰上的老屋

一座老屋前长着乌桕、白蓟、油桐

枸骨身上有刺,和丛生的蔷薇
被种在菜园的旁边,枫杨树长在左侧
一半的枝丫遮住半边厢房,但是独木
在乡村,不成形的叫杂木,壮直的叫木材
因此乌桕、白蓟和油桐共生一处
枸骨和蔷薇被密密麻麻种成一道栅栏
只有枫杨被宠爱,独占半边空地
这样朴素的、不自觉的布局和时代的
价值观何其相似,但我惊异于
它和山坡形成的老屋的虚空和冲淡
一角灰瓦的屋檐在高大的枫杨掩映下
挑出山腰,落寞、苍凉,有颓废之美
惊异于门前的野花开得冷艳、荒芜
那紧闭的柴扉似乎就要被一首诗歌叩开

张怀民

一个人无眠必定有一个人辗转反侧
在黄冈县的城南地带,月亮在庭院
跛着一条腿,不肯翻过昨夜的东坡
不肯翻过今夜的璃瓦,我敲遍一条长街
问张怀民的下落,一个在海棠树下
走失的人,一个在承天寺安过命的人
如今渺无影踪,如果我一定要把他从
人群中找出来,他会不会也在打听
我的下落,说我不是原乡人,他也不是张怀民

羽微微：美好的事物都是慢慢开始的

我没有见过羽微微，但总感觉在哪里见过。其实不止她，对好多诗人我都有这种感觉。尽管有些怪异，但仔细想来也不奇怪，因为我对他们的写作太熟悉了，以至于觉得写这样一篇短文都嫌多余。前不久，我给羽微微私信，说你能否自选十来首最能体现你个人创作面貌的作品发我呢。在等她复信的间隙，我在脑海里将这些年来对她的阅读大致梳理了一遍，初步列出了印象深刻的七八首诗，包括《约等于蓝》《墓志铭》《给某人》《旧名字》《隔着茫茫的酒桌》《花房姑娘》等。后来羽微微给我传来了她自选的二十首诗，这些都在其中。因为太过熟悉，所以难以下笔——以前遇到过的情形，在羽微微这里又重新遇到了。

在反复阅读了眼前的这些诗后，最后我决定从这首相对陌生的诗《蚂蚁》入手："如果把那只蚂蚁放大/像只鸟儿一样大小/我们就不会那样掐死它"。在这首并不难解的短诗中，作者先假设了一种情形——将蚂蚁放大成鸟，这样的置换尽管突兀，但效果是明显的，接下来，诗人连用三个"看清了"来自证其效，读者也能跟随她的指引感受到生命的悸痛。而诗人的意图显然不止于此，放大的目的最终是为了还原真相："但现在不是,蚂蚁太小太小/小得像装不下痛苦/小得像没有装上一个真正的生命"。写到这里，这首诗才算完整，诗人才完成了对弱小生命的一曲哀歌。

如果说《蚂蚁》是羽微微试图突破个人写作风格的一次尝试，那么，《你会从人群中一眼认出他们》《下来、下来》《人来人往》等诗就可以视为她在有意识地拓展情感空间，让自己从熟悉的个人生活区域逐渐朝更开阔更混沌的社会区域挪移。我相信，在变与不变之间，羽微微曾经有过艰难的取舍和权衡，而正是这种朝向"不安全"地带挪动的努力，让我看到了这位诗人身上潜在的自我更新的能力。

最早读到并记住羽微微的是那首《约等于蓝》，我知道很多人也是从这首诗开始认识了她的。"美好的事物都是慢慢开始的／不可能一开始，就是蓝"，散漫的、慵懒的语调，瞬间便勾勒出了一个小女子的甜美心思。在与她同时段进入网络论坛写作的诗人群体中，羽微微可能算是最早找到自我语调的人之一，这保证了她的诗不会出现"走音"的状况。羽微微擅长用一种轻柔的、舒缓的调式来把控她的写作，譬如《给某人》，这首诗甚至采用了一种引导式的方式，仿佛一个人凑在另一位亲近者的耳边，轻言细语："请你用手慢慢沿着题目，慢慢地／一行一行指着，读下去／／'我曾经爱过你。那时的我不知道。'／／请你在这里停顿一下，请你／深深地呼吸，想像曾爱过你的这个女子……"。在这种近乎呢喃的声腔的蛊惑下，读者往往会不由自主地产生情感的沦陷。语言的能量一旦被写作者发掘出来，构成语言的所有元素，包括节奏、气息等都会达到严丝合缝的奇异效果。在我看来，羽微微深知自己所长，所以，在接下来的很长一段时间里，她都按照这样一种驾轻就熟的调性来进行创作。后来她写过一批类似的诗，如《旧名字》《隔着茫茫的酒桌》《甜蜜蜜》《花房姑娘》等诗作，这些作品在进一步强化彰显她独具个性的诗人形象的同时，也让我们的期待渐渐出现了不满足感。

"开始不是这样的／开始是人间小。时间慢。／开始是美好的东西简单地美好。不深刻。／开始是青草，玩笑和黄昏"(《离别》)。我注意到，在羽微微并不算漫长的创作生涯中，有几个词语被她一再提及，譬如"开始",譬如"破碎",倘若我们循着她的诗一路读下来,就能读出诗人内心的挣扎:在看似平和静谧的语调里,在努力趋于甜美的情景设置中,有某种越来越清晰无望的哀怨在弥漫。是的,开始的时候总是美好有余,但生活并非只是美好的序曲,它将由序曲引导进入另外一个混沌晦暗的空间。在日常的、琐碎的、几乎令人窒息的时空中,一个写作者该怎样修得内心的澄澈和圆满,其间必须经由和解与原宥。当我在读到羽微微的这首题为《父亲,小侄子和我》的诗时,心中一下子释然了。原本紧张的父女关系在这首貌似絮叨的诗歌里被处理成了绵绵的亲情,诗人羽微微在这里拥有了一个更加饱满的形象,而不再是那个一味渴望"甜"的小女子,她见证了生活对她的改变,同时也说出了她对生活的感激。

羽微微诗选

羽微微:本名余春红,广东省茂名市人。曾获人民文学奖、诗选刊先锋诗人奖。2008年出版诗集《约等于蓝》。

约等于蓝

不可能一开始,就是蓝
要若无其事地泡泡茶,想想别的
打几个电话,或者把屋子里的书收拾好
如果外面不是阴天,就站在阳光下
假装是一株蔷薇,正在微笑

你知道,美好的事物都是慢慢开始的
不可能一开始,就是蓝

给某人

你能看到这首诗该多好,请你靠近一点
请你触摸。请你用手慢慢沿着题目,慢慢地
一行一行指着,读下去

"我曾经爱过你。那时的我不知道。"

请你在这里停顿一下,请你
深深地呼吸,想像曾爱过你的这个女子
穿着绿衣,站在很大的阳光下
突然流泪

遗忘是不容易的,需要大量的感恩
直至筋倦力疲

你的手指停下来吧

灼热

植物没有办法进入另一棵植物
植物如何热爱?如何利用一阵风
用叶子的声音说爱?
如何在地下,透过银白的根,利用岁月的延伸
隐蔽地,缓慢地接近着最近的一棵树?
如何饥渴地纠缠?如何尖叫?

如何在地底下发出沉闷而轻微的回响？
石头正忘记它是石头
在正午的阳光下，陡然地灼热

蚂蚁

如果把那只蚂蚁放大
像只鸟儿一样大小
我们就不会那样掐死它
轻易地，毫无罪恶感地
因为痛苦的表情，能看清了
扭曲的身体，能看清了
乞求的或愤怒的眼睛，能看清了
甚至能听到呼号的声音
但现在不是，蚂蚁太小太小
小得像装不下痛苦
小得像没有装上一个真正的生命

离别

开始不是这样的
开始是人间小。时间慢。
开始是美好的东西简单地美好。不深刻。
开始是青草，玩笑和黄昏
唉朋友，我为贪恋你们的气息和温暖
好几次忍住了忧伤的眼泪

开始不是这样的

开始是,我哭得理直气壮

哭得受尽委屈

"下来,下来"

曾在中国某省蔓延的血灾

你可以谷歌

或百度

有一个绝望的母亲选择

垂直地离开

她的孩子啃咬从屋梁垂下来的脚跟

他两岁,他叫"下来,下来"

后来他死了

他的母亲不会知道

他的母亲不会知道

这才是她

最后的绝望

父亲,小侄子和我

父亲给我打来电话

他很爱那个羸弱的小小儿童

"他不在家,家里很安静"

他再次这样说。他有很多说过的话,期待我提问

他便再说一遍。有一次父亲放下饭碗,猜测着
"镇上的幼儿园也不很差吧"
我说市里的好。他看着我,然后点头

这个在年轻的时候,拥有无穷力气的人
这个可以一掌推开母亲,把她摔倒在地的人
这个在我孩提时罚我跪着认错的人
这个在镇上有着无尚权威的人
这个我从没有感受过他拥抱的人

我热衷于跟他谈这个儿童
仿佛从中得到我的父爱

商略：最好的生活，是我们可以不看到人

每一个诗人都是由他笔下的词语所塑造的，也就是说，那些频繁、密集出现在诗人作品中的词语，往往能让我们窥测到这个写作者的精神向度和生活旨趣，只要你写作，你的内心活动就会跃然于纸上，无论你怎么掩饰，这些词语都将暴露你的行踪。而当一个人的笔下充满了流水、小径、炊烟、白鹭、柳丝、茶园、庭院、浮云……等等，这样一些相对僻静古远的词汇时，这个写作者的形象已经被固定了下来，我们几乎能够看见他了，尽管还需要通过深入的阅读来进一步加以指认。

我至今没有见过商略，最早读他的诗也是在十多年前的诗歌论坛上，但印象深刻，深刻到即便他匿名贴诗，我也能大致猜到这些诗的作者来。在中国古代的文学传统中，一直存在着"文人写作"一脉，他们专注于个人修为和情怀的塑造，视写作为修身养性之途，而且大部分都集中在江南一带。这一脉与"人文写作"所倡导的济世、关怀形成了很大的反差，但也同样都取得了很高的文学成就。按照我的阅读习惯和偏好来说，我喜欢那种能够拉开距离、差异性很强的作品，当然最好是个人面貌清晰的作品，阅读他们能让我看见自身的不足，当然不是为了弥补，而是为了进一步把距离拉开，以便让我们的文学生态更为丰富。商略大约就是这样一类诗人，他持续而专注地构建着一个只属于他个人的"小世界"，并陶醉其中，也

可以让我们在部分领略到这个狭小空间美妙的同时，去想方设法构筑另外一个异样的精神空间。

"茶多了就睡不着／夜深了，就没有什么好看／不妨谈谈山水，谈谈／过去有谁来过这里／又离开了这里"（《夜宿凤亭》）。漫不经心的语调若淙淙溪流，在斑驳的林间兀自得过且过，商略的诗大多使用这样一种娓娓道来的叙述性语调，来陈述某个单一的事件，这里与那里，过去与现在，远处与眼前，在相互交叠中诗人耐心地调整着思想的维度，最后完成定焦。每次阅读商略，我都有片刻的恍惚，这种感受来自于曾经熟悉的生活现场，以及依稀残存、心中憧憬的生活状态，闲适、雅致、充满逸乐情趣。在商略的诗歌里，对周遭物象的刻画和描述并非是为了强调这些物象，而是为了最终找到它们在诗人内心的对应物，更确切地说，是为了唤醒诗人内心深处的某一丝情感，这些若有似无的情感必得依附于被我们忽视的自然景观，才能被证实。因此，我经常把商略的诗当作"求证之诗"来阅读，如同他长年累月所从事的古籍校订文献考据工作一般，需要从浩如烟海的资料里厘清某一条线索。

在一首题为《过去的早晨》的诗中，商略极有耐心地描绘了一幅江南清晨的水墨图卷，然后确凿无疑地认定："最好的生活，是我们可以不看到人／只听到灌溉的水声／和发电机的低哼／安静是用水浇出来的"。我不敢肯定这是不是最好的生活，但有一点是毫无疑问的，那就是他在这首诗的最后所发出的感喟："我们总是怀念过去的日子／无论当时是否喜欢"。怀念，而且总是怀念，在商略的笔下，值得他反复咀嚼的情感总是源自于过往时光里的深刻记忆，像翻开一本蒙尘的书籍，只需轻轻擦拭，就能重温当时的阅读体验，而不管"当时是否喜欢"。这是一个成熟的有胸襟的写作者才会得到的体验，他在后撤的途中已然放弃了悲喜，只为了让匆忙仓皇的时光慢下来。

商略的写作为我们重新定义了现代"文人写作"的内涵，在不趋从时代变迁的同时，固守着人性中已经为数不多的良善，一如矗立在废墟中央的"钉子户"，哪怕挖掘机搅拌机的噪音再大，也不能动摇他抱残守缺之决心。在我印象里，商略是一个十多年来没有大变化的诗人，如果你看到他的这首诗和那首诗有所不同，也只是诗人调整了姿势和角度。譬如《释昙欢的眼》，这首诗基本上算是一首叙事诗，讲述的是一座寺庙沦为废墟的过程，也是释昙欢由弱视逐渐丧失视力的过程，即便世道充满了不公和欲念，但"他看待世界的朦胧视线／始终充满了抱歉"。

在这个人人逞强斗狠的时代，我反而觉得写作就应该是这样一种示弱：呈示我们内心深处最渴望的，又最难以企及的；兑现那些上帝允诺过的，又没有践行的。惟有这般，文学才具备了慰藉心灵的意义。

附：商略诗选

商略：1970年生，浙江余姚人。著有《南方书简》（诗集）、《南方地理志》（诗集）、《有虞故物》（文史）。近年从事国故教学和古文献整理。

夜宿凤亭

空山灌满狗叫
唯一的山径，消失于月初的昏暗
我们猜着，还有谁要来？
还有谁正在路上？
茶多了就睡不着
夜深了，就没有什么好看
不妨谈谈山水，谈谈

过去有谁来过这里

又离开了这里

比如双雁送来了死去的故人

虞仲翔在山巅大兴土木

为了吸引并不存在的凤鸟

后来他去了南海

缺席可以营造

更加迷人的空间

话题可以是隔云,也可以是渡水

还有疏漏的板屋和柴门

这是我第一次来凤亭

坐在透风的小桌边

谈完山水,就玩一种

叫作翻黄龙的骨牌游戏

输牌的人去山下拎水

后来,输牌的人越来越多

桌边只剩下我一个人

农灌记

在河岸,我们在青草上架设

漆黑的大口径铁管

水泥船系在小柳树上

我们每跳下一个人

柳树的世界便会动摇

我们希望,顺利地
从小河里抽上水
我们代替饥渴的草木
拧紧螺丝。那时候
我们所要代替的物事太多
但我们有力气

拉动发电机时
惊起了鸟雀和昆虫
抱歉,小世界
我们不得不把你改造成
我们希望的样子

躺在青草间我们
没有羞愧之心
白云和汽油味都被风吹走
那时候一切都是应该的
无论得到,还是失去什么
我们都不曾辜负谁

过去的早晨

每次去看墙脚的苔藓颜色
干净的阴影让人舒服
我们曾试着在自己身上
寻找相同比例的明暗尺度

一群白鹭飞过
门前的半个山都晴了
最好的生活，是我们可以不看到人
只听到灌溉的水声
和发电机的低哼
安静是用水浇出来的

早晨之美，皆在露水之前
我们经过屋边的野菊丛
我们走到桥上看流水
从我们胯下经过

我们轻易放走悲欢
只关注早餐的粥，酱瓜和咸鸭蛋
只关注窗口断开的云影
在地上弄出晴阴

我知道石榴花
落尽以后，还有什么花
会在草间开放
知道云散尽，山头就露出来了
我们总是怀念过去的日子
无论当时是否喜欢

万松山房

时间隔太久了

原本记录它的文字

也无法提供回忆

过去的世界,就这样消失了

没有门前

遍植万松的丘陵

没有扬州城外

没有崔大夫在灯下读《礼》

长草覆盖着小河

水獭翻过了新修的堤坝

凭空消失

无论书写如何细致

时间的浓雾依然如流水

涌来长夜的困惑

松涛沿着它自身的阴影边缘滚动

生气于后世的误解

但我们毕竟能够从中

体会到一些东西——

比如枯瘦的山水

阁楼灯光,被雨水打湿的青草

当我们故地重游

感伤着死去的朋友

我们并非困惑于消失

而是消失,总是那么地不彻底

衣米一：小心我会反着来

衣米一属于那种被突然激活的诗人，时间大概是在2009年前后，究竟因为什么被激活，我没有问过她。总之，在此之前，她是一个默默无闻的写作者，而在此之后，一个名叫"衣米一"的诗人就很突兀地出现在了当代诗坛上。"有衣有米，简单到一"，这是她最近在微信上对自我的调侃，但我们都清楚，做一个简单的写作者其实是一件非常困难的事情，因为对于任何一个写作者来讲，简单并不意味着单纯，而是一种祛除杂芜的能力，它需要我们有足够的定力，耐心，勤勉，甚至多少还需要一点"把牢底坐穿"的勇气。一个人可以简单的生活，也可以把文字写得素净清雅，但如果要从简单的生活中提炼出丰富的人性来，的确不是一件容易的事。

我对衣米一的跟踪阅读大略是在编发了她的《今生》之后，在这首直抒胸臆的诗歌里，诗人毫无顾忌地说出了她的种种"需要"，最后，她说，只有一种需要"在需要之外远远地亮着"："我并不说出 / 爱被捂住了嘴巴 / 爱最后窒息在爱里"。这是生而为人的遗憾，在通往圆满的路上，类似的遗憾比比皆是，而诗歌之美就在于，在道出这种遗憾之后所获得的愉悦和满足感。这首诗可以看作是衣米一后来一系列诗作的根茎，它奠定了这位女性诗人即将破土而出的一批"自白"似作品的情感走向。

"我与你一个夏天的亲密 / 超过了你母亲与你一生的亲密。"这是衣米一在《关系》这首诗里所揭示的生活真相。从两个人的世界中找到三个人的甚至更多人物之间的关系，在众多的情感关联中梳理出"我与你"之间的缠绕主线，这是她的强项。与前辈女性诗人不同，衣米一尽管也专注于掘挖私人情感现场，但她骨子里的意识并不是对自我的解剖，她更喜欢从纷乱繁复的群际关系入手，找到"你我关系"，把性别的对立消化在人与人之间的情感冲突上。然后，她像一个手握刀剪的护理人员，将沾满血迹的绷带剪开，一边挖着别人的脓疮，一边蹙着眉头发出感同身受的叫唤。因此，衣米一的诗比前辈女性诗人更感性，也更性感。这一点在这她的诗歌《反着来》中体现得充分而明白："你要小心我会反着来／把夜晚过成白天／始终不肯闭上眼／就这么看着你／／你要小心我把婚礼办得像葬礼／让每一个来宾哭哭啼啼……／／你要小心我提前腐朽／并且，事先藏好防腐剂……"，这种近乎歇斯底里的表达很难用"觉醒意识"来阐释，它的口吻是探询似的，它的精神内核是善意的，但同时又是一种血淋淋的呈示。

在我与衣米一屈指可数的几次见面中，我们很少聊到诗歌。我固执地认为，写作这种事情到了一定的程度上，外在的力量几乎毫无用处，一个自觉的诗人他（她）应该有自我生长的能力，如同雨林有召唤雨水的能力，沙漠有召唤阳光的能力。除此之外，他（她）还要有自我修复自我重建的能力。这几乎可以视作评判一个写作者究竟能走多远的重要指标。你可以为一棵幼树浇水剪枝，但当它长到一定高度后，就需要它为自我塑形了。我从最近编发的衣米一的一组作品里，看见了她在努力调整自己，不再是那个手持刀剪的衣米一了，她开始拿起画笔为自己的诗歌添加色彩。她似乎弱化了诗歌中的声音部分，但强化了诗歌里面的画面感。这样的做法可以使她的作品不再像以前那样尖锐，激烈，但空间感更大。譬如，同样是写两性关系的这首近作《凌晨两点》："我轻手轻脚上床／他还是醒了。／他睡意朦胧地问／现在几点。／我的回答是／一个他可以接受的数字。／嗯，他说／抱紧我／亲我。／我照他说的做了。／亲我／抱紧我。／我又照他说的做了。/做这些动作时/他半睡半醒/我是清醒的。/房间黑暗/他在高处时/像我的教堂/他在低处时/像我的湖。"这首诗中已经充满了和解的力量，不再像从前那般剑拔弩张："与上帝握手言和时/他们在教堂，我们在床上"（《他们在教堂，我们在床上》）。也许，这就生活的魅力所在，它会不断地自我校准和修复，你也会根据生活的变化而调整自我。

和衣米一年龄相仿、同时出现在诗坛上的女性诗人很多，但像她一样具有自我调整和修复能力的并不多见。相似的阅历，大同小异的生活经验，并不足以保证你的写作出类拔萃，除非你能正视自己的缺憾并加以弥补，要么，横下心来，缺憾到底，最终将这种缺憾转化成写作上的优势。我以为依她早期轻车熟驾的写作套路，衣米一会选择后一种方式，但在读了她的近作后，我推翻这样的臆断。她有一首题为《我在这一年里认识死亡》的诗，充满了人性的悲凉，发出了哽咽之声。读到这里，我确信，当年她发出的"小心我会反着来"的警告，其实只是在警告自己，与听见这声警告的我们并没有多大的关系。

附：衣米一诗选

衣米一，上世纪六十年代生于湖北黄石，现居海南。作品见刊于《汉诗》《长江文艺》《诗刊》《诗朝》等刊物，作品曾入选多种诗歌选本。著有诗集《无处安放》和《衣米一诗歌100》。

无题

睡不着的时候

我就脱衣服

一件一件地脱

不多的几件

睡裙

胸衣

小巧的月白色三角裤

很快就没有了

仍然不能与这样的黑暗

融为一体

我就把身体弯曲成

在母腹时的样子

突然轻轻抽泣起来

在母腹时

没学会的哭

现在，已经很熟练了

酒店用品

它们租用我们

我们的身体成了它们的工作间

梳子牙具沐浴液

按照自己的法则

清理我们

从皮肤到牙齿

疏而不漏

泡沫成团涌起

水

顺势而下

每到一处就创造一处小世界

我们视这一处光洁如新

适宜复活

或者诞生

针线包缝合厮磨落下的扣子

缝合我们的空隙和深渊

我们不能否认

我们是带伤而来的

在旅馆

黑暗吞噬我们就像岁月

吞噬我们的青春

它吞噬得越多

我们就越沉默

它吞噬得越快

我们就与它等长等宽等高

这是一个没有旗帜的领地

我们成了彼此的旗帜

我们物质

我们不灭

今生

我需要一间房子

来证明我是有家可归的。
我需要一个丈夫
来证明我并不孤独。

我需要受孕、分娩、养孩子
来证明我的性别没有被篡改。
我需要一些证件
红皮的、绿皮的和没有封皮的
来证明我是合法的。

我需要一些日子
来证明我是在世者,而不是离世者。
我需要一些痛苦,让我睡去后
能够再次醒过来。

我需要着。我不能确定,我爱这一切
我能确定的是
我爱的远远少于我需要的
就比如,在房子、丈夫、孩子、证件、日子和痛苦中
我能确定爱的,仅仅是孩子。

还有一种爱,在需要之外远远地亮着
只有我知道,它的存在
我并不说出
爱被捂住了嘴巴
爱最后窒息在爱里。

反着来

你要小心我会反着来
把夜晚过成白天
始终不肯闭上眼
就这么看着你

你要小心我把婚礼办得像葬礼
让每一个来宾哭哭啼啼
把他们埋在合欢花的香气里
从此流不出其他的泪

你要小心我提前腐朽
并且,事先藏好防腐剂
我也不再渴望填塞
而是不断掏空
我每天掏出一点点
直到无

写给一只失踪的母鸡

我期望一只母鸡带回一群小鸡
我期望她不是失踪而是出门去生儿育女
我期望她现在有一个巢,这个巢已经铺上了干草
我期望她不是厌倦了我,即使厌倦也不厌倦整个世界
我期望我的家像极了她的巢,虽然我并不知道那个巢在何处

我期望那个巢旁边有粮食,附近有虫子,后方有春天,前方有夏日

我期望一只母鸡回来时爪子仍然是爪子
她成群的儿女踩着小爪子,在我面前挤来挤去

我在一年里认识死亡

一年中我失去两个亲人
一个年岁超过一个世纪,一个正当壮年。
一个的葬礼响起唢呐声,一个收到一百零一个花圈。
这密集的死亡,让我对逝去的人,学会了劝慰
我说,接受吧,接受你那被带走的命运
接受活着的人的美意,唢呐,花圈
烧成灰的衣物,纸钱……
没有什么能再给你了
想了又想,的确是没有了。

西娃：我把自己分成碎片发你

诗人大抵可以分为两类：一类属于耐力很好的长跑型，一类是爆发力很强的短跑型。两类写作者都能出好作品，但呈现方式和路径却大不一样。以西娃为例，严格说来，她的诗龄并不算短了，但却给我一种诗坛"新锐"的印象。事实上，类似的情况在庞大的诗人群体中非常常见，许多写作者终其一生都没有等来"图穷匕见"的那一刻。命运的蛮力让人沮丧的同时又让人心存侥幸：也许，在下一个路段我就成了领跑者。是的，成就一个诗人命运的往往就是那么几首诗，但没有人能够知晓它们将在何时何地出现在你的笔端。而对于西娃而言，《画面》这首诗的出现大致可以视为她写作生涯的一个转折。在这首八行短诗中，西娃以一个速记员的身份呈现了这个混乱无序时代里的片刻的宁静，它像切片一般佐证了我们对这个世界的厌倦和不甘，将一种极其复杂的情感昭示在了阳光下，安谧中有躁动，狂乱里有澄澈。当我们读到这首诗的时候，我们有理由相信，它的作者已经成功从群体写作中突围而出，面孔越来越清晰，脚步声也越来越铿锵有力了。

情感的复杂化是西娃诗歌美学的重要特征。2015年第2季《汉诗》以"开卷诗人"的形式一次性推出了西娃的21首作品，其中有一首诗题为《我把自己分成碎片发给你》，很能体现她的写作面貌。这首诗分别以脸、手、脚和乳房为段落，层层剖析了诗人自己的内心世界，诚恳而精确地说出了她对生活、对时光的种种感悟，最后以充满遗憾的口吻收尾："你乞望我清澈地告诉你／为什么要把自己分成碎片发给你／我却用电影阿育王中《尽情哭泣》的片尾曲／代替了我的全部解释"。悲伤的旋律从饱蘸过生活血泪的字里行间渗透弥漫出来，回荡在"我"与"你"之间，带给读者一种刻骨铭心的锥痛。

除了对自我的剖析外，西娃还特别擅长发掘亲情中蕴含的某种"古老的敌意"，即，那种基于遗传基因之中的排异性。在处理这类题材时，西娃总以"亲密的敌人"的姿态出现，她摒弃了那种司空见惯的亲情讴歌体，转而使用一种旁观者的角色，避免落入简单抒怀的窠臼。譬如她写《熬镜子》，一面由外婆的母亲传给外婆、母亲，再传到"我"手里的镜子，掉进了一口正熬着老鸭汤的锅里："浓雾弥漫的蒸气里／外婆的母亲从滚汤里逃出去了／外婆从滚汤里逃出去了／母亲从滚汤里逃出去了／只有我在滚汤的里外／用手紧紧捂住自己的嘴"。这里面有一种极其独到的人生体验，通过味觉和视觉传导出来，产生出了奇异的审美效果。西娃有很多写父亲的诗，而且每一首都角度各异，每一首都令人过目难忘，除了那首广受好评的《"哎呀"》外，她还写过一首《梦游中的挖坟者》，同样触目惊心。这首诗或许是我读到过的写父亲的所有诗中最为奇特的一首。在这首诗里，死去的父亲居然以"挖坟者"的模样出现在了诗人的噩梦里，死亡如梦游一般真切却不真实："他被人从梦游中喊醒／惊讶地看见自己／孤零零地站在旷野中／——父亲被挖开的坟墓前／他一手拿着沾满黄土的铁铲／身上披着／父亲最喜欢穿的中山装／嘴里叼着／父亲死后才离手的旱烟斗／／——活脱脱父亲，生前的模样"。而在《一碗水》中，西娃又通过一个"神婆"之口，再一次将父亲之死描述出来，让人感到无常的人世间每一种命运其实仍然有迹可寻。

我没有见过西娃，在有限的几次电子通联中，感觉她是一个平和持中之人，这在戾气日盛的诗坛是一种很好的品质。我想，这得益于她常年的礼佛持戒，"由此我活得如愿望一样独立/跟失落一样无所依持"（《跟失落一样无所依持》）。从西娃的诗里，我们能够读到一个觉悟了的写作者所秉持的达观，她没有让诗艺简单地依附于信仰之下，而是从信仰中提炼出了坦然率真的生活态度。因此，西娃的写作从来不回避矛盾和挣扎，她总在审美的模糊地带探索，感受着生与死的苍茫和空濛。《为什么只有泪水，能真实的从梦里流进现实》是一首令人感伤的诗，诗人通过女儿之口向我们发出这样的诘问：如果梦是假的，那么为什么从梦里滚落的泪水却是真的？唉，这是多么要命的问题，却给我们平淡无奇的生活平添了一些值得回味的地方。

"我的面前/有两个隐形的杯子/一个装满我的过去/一个装满我的未来/而两个杯子里的东西/相加，并不等于我的一生//那缺失的部分/正被你抓在手里/我常常为这一点点东西/充满隐秘的狂喜"（《那缺失的部分》）。爱好玄学的诗人把目光定焦在了"那缺失的部分"，她将目不转睛地盯着现实背后的那一团模糊的身影，直到"你"显身，直到"你"最终松手，将它还给她，让她获得圆满。

附：西娃诗选

西娃，上世纪七十年代生于西藏，长于李白故里，现居北京，玄学爱好者。写过小说、电影剧本和画评。诗歌被翻译成德语、英语、日语、韩语等。主持《边缘艺术》诗歌栏目。

画面

中山公园里，一张旧晨报

被缓缓展开，阳光下
独裁者，和平日，皮条客，监狱，
乞丐，公务员，破折号，情侣
星空，灾区，和尚，播音员
安宁地栖息在同一平面上

年轻的母亲，把熟睡的
婴儿，放在报纸的中央

"哎呀"

我在飞快宰鱼
一刀下去
手指和鱼享受了，刀
相同的锋利

我"哎呀"了一声

父亲及时出现
手上拿着创可贴

我被惊醒

父亲已死去很多年

另一个世界，父亲

再也找不到我的手指
他孤零零地举着创可贴
把它贴在
我喊出的那一声"哎呀"上

一碗水

她专注地看着一碗水
用细弱游丝的声音
念着我的名字
念着我听不懂的句子

"你父亲,死于一场意外
与水,医疗事故有关。"

是的,大雨夜,屋顶漏雨
他摔倒在楼梯上
脾断裂,腹腔里积满了血
医生说没关系
只给他吃止痛药

"2014年,你与15年的恋人
恩断情绝,纯属意外。"

是的,我们正在谈老去怎么度过
他手机上跳出一条短信

"老公,你回家了吗?"
我不听他任何解释,摔门而去

"2016年1月,你女儿上学的钱
被你败在股市里……"

是的,他们使用熔断机制
我和上亿股民
像被纳粹突然关进毒气室

……
是的
……
是的
……
是的

这个在李白当年修道的大筐山
生活的唐姓女人,一场大病后
变成了神婆。她足不出户
却在一碗水里看到了我的生活

墙的另一面

我的单人床
一直靠着朝东的隔墙

墙的另一面
除了我不熟悉的邻居
还能有别的什么?

每个夜晚
我都习惯紧贴墙壁
酣然睡去

直到我的波斯猫
跑到邻居家
我才看到
我每夜紧贴而睡的隔墙上
挂着一张巨大的耶稣受难图

"啊……"
我居然整夜,整夜的
熟睡在耶稣的脊背上
——我这个虔诚的佛教徒

我把自己分成碎片发给你

把我的脸发给你
我说,这张脸,在尘世已裸露40多年
她经历过赞美,经历过羞辱,经历过低档化妆品
与高档化妆品的腐蚀。而我很要脸
为了这张脸,我硬着脖子活过昨天与今天

我付出的代价,你在这张脸上慢慢看

你说,美丽的中国女人,你只看到美

把我的两只手发给你
它修长,涂着蓝色蔻丹,正在长皱纹,以后将长黑斑
我告诉你,这双手,做的最多的是挑选文字
它在成群的汉字里,选出最符合自己气息的文字
它们组成署名西娃的文字和诗篇
它们遭受的冷遇与赞美,加起来并不等于零
同样是这双手,颤栗过,犹豫过,热烈过,冰冷过……
有时也哭泣,但却不知道怎么流出泪水
有一天,它也许会带着不冷不热的温度,进入你的生活
我并不知道它能为你做什么

你说:性感的手,你不求它为你做什么,你只想为它做什么

把我的脚发给你
它是我四肢中,最难看的部分
脚趾弯曲:小时候家里缺钱,它曾在又短又小的鞋子里
弓着身子成长。如今,它依然在各种看似漂亮的鞋子中
受难。只有我睡眠时,它享受过舒适
满心脚掌,不能走过长的路,但它带着我的愚笨之身
走过很多奇怪的路,并去过很多不该去的地方
也许将去到你居住的城市
于我们之间的障碍里,徒然而返

你发来一长串英语句子,我无法明白你在说什么

把我的乳房发给你
我说,真为你遗憾,你错过了它最饱满和弹性的时日
它曾用 11 个月,喂养过一个孩子
也安抚过几场爱情中的男人,他们曾在上面留下唾液,指纹
但已经很久了,它除了装饰着我更多的衣服,已一无是处
有一天,它会成两张皮,里面不再有任何回忆

你说:就是我所有的饱满都不属于你,但你依然热爱此刻

你乞望我清澈地告诉你
为什么要把自己分成碎片发给你
我却用电影阿育王中《尽情哭泣》的片尾曲
代替了我的全部解释

横：蹲在尘埃上的人

"横的写作始终贯穿着一个核心的命题：空虚。如果再加一个就是：无聊。作为一个有着多年写作经验的人，他一直在小心翼翼地处理这个命题，自觉，深入，好像一个戴探头灯的人走在空洞无物的矿道中，孤单，寂寞，却有着绝不后退的勇气。这样的诗人你拿他没有办法，只能随他进入地下状态，并透过他前额上晃动的光斑，感受到另外一种力量。"上述文字是我给诗人横写的一段荐读语，发表在《汉诗》2012年第4卷上，作为当期的"开卷诗人"，横的作品体现出了一种桀骜不驯和一意孤行的气质，他的写作从不按常理出牌，但又最终能在常理之中给读者带来额外的惊喜。

"那不是芝麻/那是比芝麻多一点的东西"，这首只有短短2行的诗被诗人横题名为《由于自卑的缘故，我不太喜欢自己》，如果从我们审美的惯性来看，它算不上是一首诗，至多算是几句俏皮话。然而，横的挑衅之处正在于：诗为什么一定要像诗呢？在很多场合，他都更愿意用"分行的字"来谈论他的作品（是的，不是诗，是作品）。文字为什么要分行？为什么要在这里分而不是在哪里分？……这些看似没有意义的问题被横饶有兴趣地揣摩了几十年。他的许多作品都在进行"分行"的探究和实验，他甚至在许多诗歌里用"。"作为单独一行，譬如他这样写："我确实不清楚。/为什么。/鸽子/是/。象征/和平的。"(《我不喜欢鸽子》)。
"。"究竟是频频出现在横的诗歌中的一个符号,还是另外一个有意味的词?如果不从诗歌内部的节奏感和外在的形式感来分析的话,你一定会将横的写作视为一种极其无聊的文字游戏。然而,事实上,支撑诗人横这么多年来不间断写作下去的动力和源泉,恰恰是基于对这种游戏的深层迷恋。无意义,或者说,对无谓意义的取缔,构成了横写作的基本面貌。由此出发,横的工作就是不停地做减法,减去思想,只留下想法;减去隐喻,再减去言说中冗赘部分,最后只剩下一个个孤立的词,他要确保这些词能像初生婴儿一般散发出纯粹和光洁来。毫无疑问,这是一项有野心的工作,尽管早已有许多人在尝试,但并不是每一个写作者都可以胜任。

"我喜欢鸵鸟身上/被风吹拂着的那根羽毛/……/我还喜欢那根羽毛背后的天空/它是最蓝的 没有哪个天空可以与之比拟"。这首题为《皮埃尔喜欢在远处看一个女的》短诗其实由三个词汇组成:鸵鸟,羽毛和天空,甚至"鸵鸟"也可以减去,只侧重写了"羽毛"和"天空",但在横的笔下,诗意却不因有限的词语而减少,反而得到了无限的拓展。而在另外一首短诗《尘埃》中,甚至只有一个词:尘埃。我还记得当初在阅读这首诗时的讶异:瞧,一个蹲在尘埃上的人,而且他已经蹲了很久,却无人关注。横的写作因其特立特性的样子有效地区别了大路货色,但也容易受人诟病,他必须承受这样的命运,就像他笔下的那个"最细小的尘埃",近乎灰尘,却闪烁着肉眼可以捕获的光亮。

轻盈,是横的作品的另外一个特点,为了让语言具有轻如薄翼的效果,他必须克制住情绪,让诗体内部呈现出安静的效果来:"他。这个人。慢慢地向前走。/他的速度。赶不过。一天的时间。/嗯。消耗不是消失。我特别注意到。/他的鞋子。是。双马靴。"(《马可波罗之。骑在马上的人》)这是一种画面的效果,语速则由诗人来掌控。横用自己的方式完成了对"马可波罗"这个存在于时光中的人的认知,剩下的时间他用来喝酒。

我认识横已经有很多年了，如同他在《写一句话给自己》这首诗中所说的那样："人是个复杂的动物。"我估计他早就意识到了自己的复杂性：一方面义薄云天，另一方面尖酸刻薄；时而安静，时而躁狂……在我看来，这不仅仅是酒精伤害了他，而是他的这种写作方式让他变成了一个异于常态的人，譬如，他在网路上的啰嗦正好对应了他在写作上的节制，他对重建一种新文本的抱负也呼应了他对各种陈词滥调的厌恶。我曾在微博上拉黑了他，并不意味着我不关注他的写作。

"我毫不掩饰／看不上／大家的样子／我抽着烟／你们／都会认为／我在伤害你们"（《第六季·帆布其实非常性感》）。作为诗人的横其实一点也不复杂，他只是故意让自己显得比较复杂，故意不让人看见他像个孩子活在这个成人世界中。

附：横诗选

横，本名胡志刚。1969年生。湖南汨罗人。现居天津。

尘埃

你看见了吗
那一个
最最细小的尘埃
上面
我蹲在那里已经很久

第六季·帆布其实非常性感

我喜欢
膨胀着的
帆布
那
肯定是
在海上
我毫不掩饰
看不上
大家的样子
我抽着烟
你们
都会认为
我在伤害你们

写一句话给自己

第一句话写给自己
他是个准备出门的人

人是个复杂的动物

我不打算
写第三句话
是因为

已经有两句话值得

思考

其实这里我想用的是思虑

那个虑

在第四行

看上去天气一开始

就阴霾带有水汽的意思

我一直以为女的不属于这个世界

为了展示自己的强悍

史宾汉

沿着绳子的这端

爬到了那端

他再爬回来的时候

一个女的

在给他鼓掌

他显得不好意思

是的

同样在阿拉斯加

好像

是夏天

另一个爱斯基摩人

爬上了

一座很高的山

在那山顶

我看到了最美的风景

我还感觉到

很多的

裸露的石头

是

一块块的

碎石

我能

随便拿起

一块

把它扔到

山下去

可我

没这样干

皮埃尔喜欢在远处看一个女的

我喜欢鸵鸟身上

被风吹拂着的那根羽毛

对于我

那根被风吹拂着的羽毛

是最最柔软的

我还喜欢那根羽毛背后的天空

它是最蓝的没有哪个天空可以与之比拟

马可波罗之。马可波罗

首先是一个人开始走在路上
他没有意识到一匹马
在后面
他没听到 嗅觉到 他可能
是摸不到一匹跟在他背后的马

懒懒：将掏出来的匕首又放了回去

几年前的一个夏天，一群来自五湖四海的诗人前往湖北潜江参加"龙虾诗歌节"，在饱啖了蒸虾、油焖大虾、冰镇大虾和麻辣虾球之后，终于在深更半夜的夜宵摊旁谈起了诗歌。记忆中，懒懒始终安静地坐在角落，偶尔插上几句俏皮话。这不是我第一次见到她了，但老实说，那时候我还没有认真读过她的作品。近些年来，湖北诗坛的结构一直处在阳盛阴衰的状态，能让人眼前一亮的女性诗人并不多见。我记得懒懒曾在微博里和我私聊过她对生活、写作的困惑，有点执拗，也有些独到的见解。过了不久，我读到了她写的《高潮》等一批诗，突然感觉一个值得期待的新诗人也许出现了。"那只汽球 / 鼓鼓的 / 它温柔地 / 朝着接近天空的位置飘移 / 谁知道呢？ / 也许它喜欢的是一颗针"（《诗不言物》）在这首只有短短6行的小诗中，懒懒为我们提供了一种可以观察她写作走向的角度，一段鼓胀着的、充满危险又充满诱惑的旅程。事实上，她这几年的写作都可以视作是这样一只"气球"一次次接近"针尖"，又一次次绕过"针尖"的过程，在化险为夷中获得了隐秘的激情和经验，使懒懒的许多诗赢得了读者的心跳。

当代女性诗人的写作大多以浓烈的情感入诗，懒懒采取了一种反向的手法，她尽可能地让自己的作品保持清淡的味道，但清淡并非寡味，而是从日常生活里寻找那些往往被人忽视的事物之间的微妙关联,让诗意附依于可以看见、听见、感触的事物之上。在阅读她的那首《高潮》时,我完全被她细腻的描述迷住了:"水龙头里的水匀速地/直冲盆底/她看最开始下来的水/总是会向四周退开/呈现一朵花的边缘/花心的那个部分/她也看见裸露的盆底/那是它们腾出位置/她知道爱/总是先要推开/然后温柔地包围"。日常经验一旦被放大,诗意就会自动地涌现,漫溢而出,就像这从水龙头里喷射而出的水流一般,不仅仅是一道水柱,还有水花甚至花心……获取这种经验的途径其实并不复杂深奥,但它对写作者的心智有所要求,要求我们能用敏感的心灵去感受那些微茫之光。所以说,厌倦生活的人往往是距离诗歌最远的人,惟有在我们熟悉的世界里找到造物主的匠心甚至别有用心,才能窥见日常生活中隐秘的神性和诗意。

在一首题为《黑骑士》的诗里,懒懒再次展现了她对日常生活诗意的发掘能力。这首诗写的是一件晾挂在别人阳台上的黑色呢子大衣,"阳光还没有照到那面窗子/大衣的黑显得有些忧郁/但只要风一吹,大衣就荡来荡去/像一个随时可以快乐起来的人"。对被观察物的心理揣摩、心理暗示,以及由此构成的美学意义上的互动,是懒懒写作的显著特点,她的很多诗,譬如《那儿有声音》《无题》("一个教友……")《所见》《U型》《父亲的气味》等,都使用了这样一种由生理感应到心理互动的手法,我相信这是写作者本人的无意识状态,更相信这是她对付生活的一种无师自通的能力。

大量的暗示以极其自然的方式出现在诗人的笔下,使懒懒的写作给人以"暧昧"的印象,这些懵懂的、跃跃欲试的、欲说还休的东西,被诗人用一种淡淡的口吻讲述出来,如死水微澜一般见证了"日常生活中的奇迹"。而在她另外一批释放着性爱气息的诗歌里,我们能从中读出一个居家女子慵懒散漫的小心思:"我有个秘密/当我一个人面对这张偌大的床/我会先走到左边的床头柜前/拧开台灯/然后躺下来/躺在你的那个位置//

直到第二天早晨／我睁开眼睛／看见右边的我的位置／平整、毫无皱折／那里躺着的／是我临睡前故意挪动的那只／右边的枕头"(《床的腹语》)。作为一位以小见长的写作者，懒懒审慎而克制的态度既体现在她的诗里，也体现于她的生活中。我很少读到她偏执或歇斯底里的情绪化一面，但你又很难说她是温润的，在《温柔》这首诗里，她干脆交出了她对如何处理诗歌与生活的关系这一问题的答案："我心里有几首诗／呼之欲出／但我只能／在房子里踱来踱去／踱来踱去／又到周末／煮妇的日子到了／煮饭的时间到了／我于是／将掏出来的匕首／又放回去"。从"呼之欲出"到"掏出来"，再到"放回去"，体现了诗人驾驭生活的能力，既有对峙也有和解。

对于一位只有短短五六年写作经历的人来说，懒懒最可贵的地方在于，她找到了一种完全与她内心世界相匹配的言说方式，很多诗人用很多年时间都没有找到的写作秘密被她在不经意间洞悉了。接下来，她将如何拓展和深入自己的领地，仍是一个巨大的挑战。"见过电影里的五马分尸吗／请跟她一起念：／五个她／朝五个方向／分裂／她骑着的马"(《啊，力学》)。她的马是生活，风驰电掣，焦头烂额，她的马能成全她吗？

附：懒懒诗选

懒懒，原名蔡琼芳。生于七十年代末。2010年开始写诗，2013年获自便诗歌入围奖；2014年《汉诗》"新楚骚"诗人；2015年《诗歌月刊》头条诗人。诗发表数种刊物及重要选本；著有诗集《她来自森林》，居湖北监利。

床的腹语

一直这样

你躺在左边
我躺在右边

总是这样
床头灯在左边的床头柜上
而右边的床头柜
码着一些我看过的和
还没有看的书

但我有个秘密
当我一个人面对这张偌大的床
我会先走到左边的床头柜前
拧开台灯
然后躺下来
躺在你的那个位置

直到第二天早晨
我睁开眼睛
看见右边的我的位置
平整、毫无皱折
那里躺着的
是我临睡前故意挪动的那只
右边的枕头

南瓜藤

早晨走那条两旁
是菜园的小路
看到一个妇人
在打量她种的南瓜藤
长势真好啊
宽卵形的五角叶片下面
叶柄粗壮布满密致的白色茸毛
她蹲下来
将其中一株
快要长到水泥路面上的
茎蔓顶端的
淡绿色触角
轻轻向内挪动

黑骑士

对面楼房的窗台上
单独地晾晒着一件黑色呢子大衣
大衣所有的扣子都扣得密实整齐
它两只袖子张开着
阳光还没有照到那面窗子
大衣的黑显得有些忧郁
但只要风一吹,大衣就荡来荡去
像一个随时可以快乐起来的人

因为它的扣子全部被扣着
便不能衣襟翻飞了

诗不言物

那只汽球
鼓鼓的
它温柔地
朝着接近天空的位置飘移
谁知道呢?
也许它喜欢的是
一颗针

高潮

无聊的时候拿盆
去自来水管下接水
看水龙头里的水匀速地
直冲盆底
她看最开始下来的水
总是会向四周退开
呈现一朵花的边缘
花心的那个部分
她也看见裸露的盆底
那是它们腾出位置
她知道爱

总是先要推开

然后温柔地包围

SPA

她感到那双手

已经游移到她的乳房的边缘

这是她的乳房第一次

被女子的手掌覆盖

紧接着是按压

那力道陌生

均匀

像有一个方向

她闭着双眼

试图具体地感受那个方向

她想起她的乳房最近一次被男人揉搓的感觉

她确定是不一样的

又好像是一样的

海边的录音师

她说潮声令她想到

做爱那种节奏

远处有人在放烟火

年轻的恋人们尖叫

又有一层海水

掀起一个更大的浪花
最重要的是
后来
有人在海边呼喊出
她的名字

刘年：风吹铁管的声音

"南瓜越长越大，总担心掉下来／问母亲：要不要找什么撑住／母亲说不用，藤提不起了，瓜就不会长了／于是，那只南瓜，一直在故乡悬着"。这是诗人刘年在一首题为《风吹铁管的哨音》的诗中所写下的一节。严格说来，我是从编发这首诗开始认识他的，尽管在此之前我们已经在云南楚雄的《人民文学》"新浪潮"会议上见过面了，在诗人雷平阳的再三推荐下，我在禄丰恐龙谷向他约稿，回来后不久就在《汉诗》上编发了他的《青藏书》。如果说，这组诗还不足以让我意识到他的异质性，那么《风吹铁管的声音》则让我读到了一位优秀诗人特有的音色和音质：在粗砺的表象之下有着深刻的隐忍，在看似沉滞的叙述中显示出了开阔与机智并举的能力。这首诗由 5 节构成，讲述了五个生活片段，我在读到第三个片段时，居然从中听到了自己的心跳声，那是一个少年从户外回家后，逐一走进每间房屋，呼唤亲人却不见回音，而引发的心跳声："我拼命地喊，一个个地喊，一遍遍地／喊，直到把自己喊醒／冰冷的阳光，井水一样，一地都是。"我相信，好的诗歌不仅可以"把自己喊醒"，也能够把他人喊醒，就像刘年在另外一组描述家乡生活《哦，湘西》的诗中所写到的那样："每个黄昏，穿满襟衣的母亲，会站成第四棵芭蕉／反复地呼唤。她的声音，是翠绿的／／往往开骂了，我才应／有时在麻山，有时在巴那河，有时在椿树田，有时在幺妹家//像剥开芭蕉叶的粑粑，像反复揉过的泥巴/那时，每一个黄昏，都是糯的"（《芭蕉》）。母亲呼唤我们的位置不曾改变，"糯的"音质也不会因为我们的东躲西藏而改变，改变的只是我们的视觉、味觉和听觉，而如何精心呵护好我们的这些感知器官，大概是衡量一个诗人是否具有抵御时光、唤醒时光的能力的重要指标。

刘年的写作体现出了与我们这个时代背向而驰的某种叛逆性，他总是以仓皇的面貌（而非游乐的心态）行走在边陲之地，以诘问的方式（而非欣赏的目光）叩问着晦暗不明的存在物，他的许多诗与其说是"组诗"，不如说是一簇簇焰火，被集束在一起，譬如《陇上行》《青藏书》《内蒙书》等，这些撷取自匆匆行旅中的一个个生活片段，在诗人的目击之下产生出了电光石火的效果，被他不动声色地记录了下来，浸透着诗人躁动不安又渴望安宁的情怀，我们能从中读出他对辽阔博大世界的向往，对羸弱生灵的怜惜，以及他在反观自省之后的冷峻思考。"石头湿漉漉的，昨晚也在梦里痛哭过/给羊群让路，给背柴的人让路/对认识的和不认识的草木，都报以微笑/上车前，回头望一望尽头的梭梭木，是行者对路的感恩"（《行者》）。类似这种从感官世界里获得的对命运蛮力的测试和认知，在刘年的作品中比比皆是，但他绕开了既有道德观念和理性的羁绊和束缚，藉由描述的真实性和准确性来展开，从而有效地规避了说教的窠臼。究竟该如何在我们的写作中将呈现的真实性，与表达的有效性予以恰如其分的结合，或者说，在表达与呈现的博弈中，一个诗人应该怎样一边倾听自己的心跳，一边克服这心跳声的干扰，让我们的语言少一些杂音多一些回声，刘年的很多诗作在某种程度上为我们这个嘈杂时代的写作者提供了一个参照。

从我个人的阅读趣味上来讲，我更喜欢刘年写故土湘西的那些诗篇，虽然也是一些片段，但这些片段能够及时串联起我们过往时光的怜惜和澄澈。或许是因为诗人将大量独特的生存经验浸润在了字里行间的缘故，他笔下的湘西总是显得鬼魅而生机盎然，如同他在《遥远的竹林》里所描述的那样："水舀满后，倒回湖里／再舀，再倒／手可以感觉到，水的欢欣和颤抖"，只有用心生活过的人才能从这种司空见惯的行为中感受到诗意的在场，从来就不存在虚无缥缈的所谓"诗意"，真正有能力的写作者一定善于从我们日常生活里发掘出"水的欢欣和颤抖"，直接，精准而丰沛。刘年曾在一首题为《阳戏》的诗中写道："阳戏的调子和湘西的柴刀一样／末端，有一个弯而尖的钩"，我在阅读他的作品时，就时常觉得他的诗里有这样一个"钩"的存在，在平实的叙述中暗藏着尖锐和疼痛，而那种痛感到来时，读者的心智却是清澈的。

"在辽阔的针叶林里，独来独往／喜欢毛茸茸的雨／喜欢飞鼠溪，喜欢游泳，喜欢蘑菇和鲑鱼／我克制住自己，不袭击人／／大多数的时候，躲在树洞里／看鹅掌般的叶子，一片片落下。看猎人空手而还／看白雪，慢慢地埋没人间／我把爪印，深深地刻在树洞里"。在这首题为《棕熊》的诗里，刘年以"棕熊"自喻，但他敛去了棕熊身上的部分兽性，也给自己赋予了寂寥的色彩，而这样的色彩在他以"万物生"为主题的许多诗篇里都有过浓墨重彩的展示。"我应该如何向你描述我的远方？／佝偻在土地上的人，天边的北斗七星，是永远拉不直的问号"，当他在《悲歌》中发出这样的质询时，他其实已经在《虚构》里作出了回答。

在急促的一个接一个的"有必要"的催逼之下，诗人刘年在郎木寺与我们匆匆告别，腰别藏刀，独自向更为寂寥的旷野匆匆走去了。再次见到他，是在去年隆冬的武汉，刘年受邀前来参加第五届武汉"地铁公共空间诗歌"朗诵会，他在现场朗读了一首《写给儿子刘云帆》，当他用压抑的声腔逐字逐句地读到第二节："……碑上，刻个墓志铭／刻什么呢，我想一想／／就刻个痛字吧／这一生，我一直忍着没有说出来／／凿的时候／叫石匠师傅轻一点"，我听见人来人往的地铁大厅彻底安静了下来。

刘年诗选

刘年，本名刘代福，1974年生于湘西永顺。喜欢落日、荒原和雪。主张诗人应站在弱者一方。出有诗集《为何生命苍凉如水》。

游大昭寺

一个敲鼓唱经的喇嘛和一个沉默的诗人相遇了
大殿上，酥油灯的光芒逐渐强烈，栅栏逐渐消失

懂了吗？喇嘛歌颂着的就是诗人诅咒过的人间
懂了吗？那些诗歌串起来，挂在风中，就是经幡

没有人注意，留在殿里是一个身着袈裟的诗人
走上大巴的，是一个带着相机和微笑的苦行僧

哦，湘西

1，芭蕉
每个黄昏，穿满襟衣的母亲，会站成第四棵芭蕉
反复地呼唤。她的声音，是翠绿的

往往开骂了，我才应
有时在麻山，有时在巴那河，有时在椿树田，有时在幺妹家

像剥开芭蕉叶的粑粑，像反复揉过的泥巴

那时，每一个黄昏，都是糯的

2，吃酒
总盼着去吃酒，走多远都不怕，死人的酒也不怕
有好吃的，有戏看，还可以捡到炮竹
唢呐贴着秧浪过来，恨不得把田埂拉直
一只秧鸡蹿出来，吓了我一跳，也吓了它一跳
那时，人情不值钱，经常只送两升米，三升黄豆，五升包谷

3，山茶树
手指般的树杈，可以做弹弓
粗的，可以削螺陀
茶泡，是上天赐给穷孩子的水果
茶籽不能吃，最没有用，只能留给大人榨油

山茶叶太硬，不能泡茶
可以当钱，向小幺妹买她用花花草草做的饭菜
有时候，她还会找我钱
那钱，是小一点的山茶叶

4，和辣子
受了气，父亲会忍，母亲会站在芭蕉树边骂
隐隐的回声，仿佛群山在和她对骂
下田也骂
背万年时的蝗子，天收的卷叶虫，砍脑壳的雨，偷野老公的牛
脏话和肥料一样。她骂过的秧，长势比别家的都好

5，不会
不会像哑巴老三那样，把手指当棒棒糖，放到嘴里吸
我五岁都能吃到母亲的奶
还有两个姐姐，会采茶泡、三月泡、地枇杷

不会像其他孩子那样，指着哑巴老三笑
母亲说过，山顶的月亮、庙里的菩萨和村口的哑巴老三，是不能指的

6，躲猫儿
大姐总是赢
有一次，找哭了我都找不到，她却躲在草树里睡着了
这回，她又赢了
找了十多年，找到滇缅边境，也没找到

7，姐
我用火钳敲屋檐上的冰棱
她在煮雪和洋芋
我将一捧雪，放进了她的后衣领

一生中，有些事，是我没有办法做到的
比如说，找到或者忘记她
比如说，把铁环开过草籽田的田埂

风吹铁管的哨音

1
钟表店里，等老板修表

只有我一个顾客,到处都是滴答的时间,让我感到恐慌
仿佛在一个混凝土大坝的深处
水,正从四面八方渗出来

2

打了一铜壶凉水,满头大汗地回来
在天坪,叫了声妈,没有人应
进了堂屋,叫爹,也没有人应
灶房里,大姐也不在。火,在灶膛里红红地烧
我慌了,跑到里屋叫二姐,依然没有回应
拼命地喊,一个个地喊,一遍遍地喊,直到把自己喊醒
冰冷的阳光,井水一样,一地都是

3

阿吉死死地抱住那只羊
在零下三十多度的暴风雪中,阿吉奇迹般地活了下来
那只羊也活下来了
阿吉说,阿尔泰山的雪,从此带着羊膻
写这个故事,有两个原因
首先,体温的传递,是宇宙中仅次于星辰运转的大事件
另外,窗口,风吹着铁管的哨音,有点怕人

4

南瓜越长越大,总担心掉下来
问母亲:要不要找什么撑住
母亲说不用,藤提不起了,瓜就不会长了

于是，那只南瓜，一直在故乡悬着

春风辞

快递员老王，突然，被寄回了老家
老婆把他平放在床上，一层一层地折

坟地里，蕨菜纷纷松开拳头
春风，像一条巨大的舌头，舔舐着人间

猛洞河

船滑过水，和指肚滑过皮肤一样
没有一点声音

常有女人，禁不起水的诱惑，洗完衣裳，又洗自己
洗完自己，又洗水

常有女人，船到了跟前
才缩进透明的水里

一个八十岁女人的裸体，比三十岁女人的裸体
更加惊心动魄

叶辉：生活就是一个幻觉

我还记得多年以前在阅读了诗人叶辉的《在糖果店》之后所产生的那阵恍惚，不是片刻的恍惚，而是一阵接着一阵。这是一首好诗的魔力所在，它能让你从眼前的昏昏欲睡的现实中抽离出来，进入到另外一个更加开阔更加不可思议的现实里去。对现实的再造或重塑，落实到具体的诗歌写作上，就是对我们熟悉的词语进行重组和改装，让语言产生出一种奇妙的致幻功能，让阅读者在徜徉其中的同时感受到"更加真实的现实"。从这个角度来讲，好的诗歌是应该对眼前现实的取缔（至少是部分取缔），因为我们目力所及的这个现实并不完全真实：你看见了，但只是一部分；你想说，但你常常哑口无言。而真实的现实是那些沉睡在我们的记忆深处，现在经由语言的指引或点化，又重新浮现出来、回到了情感世界里的东西——那是一些能够被语言召唤出来的情感，也是一直在等待我们去复活它们的情感。

"我躺在想像的暖流中／不想成为我看到的每个人／如同一座小山上长着／本该长在荒凉庭院里的杂草"（《在糖果店》）。在这首只有12句的短诗里，叶辉让我们充分见识到了他再造现实的能力，而这能力却缘起于这样一家司空见惯的糖果店："有一回我在糖果店的柜台上／写下一行诗，但是／我不是在写糖果店……"，笔锋转折之处，另外一个空间已经被悄然打开了,这空间看上去是一个想象的空间,但其实不然,它是诗人心里固有的残存着的真实世界,在这个世界中,真实的已经不是所见之物,而是这些物象传达出来的诗人心灵的真实。这样的诗至少创造出了三层空间,每一个空间都是敞开的,与眼下的现实形成了呼应和沟通。我一直觉得,一个写作者写出了什么其实并不重要,重要的是你能写什么,你能否在毫无诗意的地方凭空创造出诗意来,这才是衡量一个诗人的重要尺度。

叶辉的许多作品都围绕着"生活就是一个幻觉"这一主题来展开,也就是说,他一直在现实世界中尽力甄别真实与虚幻之间的那一道——肉眼几乎不能看见的——虚线,就像他在这首题为《关于人的常识》中所言:"每一个人总有另一个／想成为他的人,总有一间使他／快活的房子／以及一只盒子,做着盛放他的美梦"。在房子里安托自己的肉身,用一只盒子盛放自己的美梦,这不是诗人对生活的构想,而是诗人在揭示我们真实的生活状态。因此,才会有这么多的不安,不甘,以及难以忍受:"萤火虫,总是这样忽明忽暗／正像我们活着／却用尽了照亮身后的智慧"(《萤火虫》)。严格说来,智慧的丧失意味着生活能力的丧失,在失去智慧以后,我们将变得加倍依赖于眼前的这个现实,而最终关闭通往真实现实世界的通道。叶辉用自己独具魅力的写作善意地提醒我们,生活并不像我们想象的这么简单,它不是吃喝拉撒的汇总,而是某种多维度的精神过往史。

我见过叶辉一面,那是几年前我们一起去深圳参加"诗歌人间"活动,在短暂的几天相处中,他给我留下了"世外高人"的印象。这印象也印证了我对他诗歌的看法:在当代中国诗坛,叶辉是一个怀揣独门绝技却不爱在江湖上走动的人。在这个咋咋呼呼的"坛子"里,挥刀舞枪争强斗狠的人太多了,叶辉大概不屑于与他们为伍。所以,他才能写出这样的诗句:"脸从陌生街道的／深处一一浮出,一如询问:你为何／站在这里?我不记得／／我只知道／那无数丢失的白天、窗口突然关闭／名字在末尾淡去／

如同烟雾"(《幸福总是在傍晚到来》)。而在他的另外一首近作《候车室》中,叶辉用一种迷离斑驳的手法描述了凌晨时分候车室的景象,在重重的睡意包裹之中,清醒的诗人清晰地说出了他对现实世界的看法:生活就是一个幻觉——在说完之后,他立刻补充道:"一位年长的诗人告诉我/(他刚刚在瞌睡中醒来)"。再也没有比发现这个真相更难堪的事了,再也没有比此时此刻还满足于昏沉的现实更让人无地自容的事了。

附:叶辉诗选

叶辉,1964年生于江苏省高淳县,上世纪八十年代开始写诗,曾在税务部门工作,2014年离职,现居于南京市郊的一个湖边半岛。著有诗集《在糖果店》《对应》。

在糖果店

有一回我在糖果店的柜台上
写下一行诗,但是
我不是在写糖果店
也不是写那个称秤的妇人
我想着其他的事情:一匹马或一个人
在陌生的地方,展开
全部生活的戏剧,告别、相聚
一个泪水和信件的国度
我躺在想像的暖流中
不想成为我看到的每个人
如同一座小山上长着

本该长在荒凉庭院里的杂草

萤火虫

在暗中的机舱内
我睁着眼,城市的灯火之间
湖水正一次次试探着堤岸

从居住的小岛上
他们抬起头,看着飞机闪烁的尾灯
没有抱怨,因为

每天、每个世纪
他们经受的离别,会像阵雨一样落下

有人打开顶灯,独自进食
一颗星突然有所觉悟,飞速跑向天际

这些都有所喻示。因此
萤火虫在四周飞舞,像他们播撒的
停留在空中的种子

萤火虫,总是这样忽明忽暗
正像我们活着
却用尽了照亮身后的智慧

幸福总是在傍晚到来

幸福总是在
傍晚到来,而阴影靠得太近

我记起一座小城
五月的气息突然充斥在人行道和
藤蔓低垂的拱门

在我的身体中
酿造一种致幻的蜜

脸从陌生街道的
深处一一浮出,一如询问:你为何
站在这里?我不记得

我只知道
那无数丢失的白天、窗口突然关闭
名字在末尾淡去
如同烟雾

我走在街上,一滴雨水
落在额上,这又喻示着什么
觉醒可能要等到夜晚

也许,不会太晚

一座寺院
终于在默祷中拥有了寂静

在它的外面
几只羊正在吃草,缓慢地
如同黑暗吃掉光线

谬误

蛇的谬误在于没有水它却在游动

蝙蝠的困境是总会面对
两个可供选择世界,因此它倒挂像一笔欠账

这期间,一只苹果在回旋中落地

在睡眠深处。梦魇和焦虑
有时也会成为一小段圆舞曲的旋律

这是为什么?含混的历史会像困倦
重重地压在眺望的眼睑上

而黎明时,那是谁还未死去
城镇如一堆尚未开启的箱柜在幽暗中浮现
身后。一片雾霭沉沉的国度

候车室

凌晨时分,候车室
深邃的大厅像一种睡意

在我身边,很多人
突然起身离开,仿佛一群隐匿的
听到密令的圣徒

有人打电话,有人系鞋带
有人说再见(也许不再)

那些不允许带走的
物件和狗
被小四轮车无声推走

生活就是一个幻觉
一位年长的诗人告诉我
(他刚刚在瞌睡中醒来)

就如同你在雨水冰冷的站台上
手里拎着越来越重的
总感觉是别人的一个包裹

莱耳：只和你谈论美好的事物

当我决定写一写莱耳的时候，脑海里总在默忆与她见面的次数，似乎有很多回，又好像没有几次。于我而言，莱耳是一个熟悉又陌生的存在，熟悉到可以互开玩笑，陌生到几年之中音讯全无。作为中国最大最具影响力的诗歌门户网站——诗生活——的掌门人，莱耳的诗名显然被她所扮演的"诗歌推手"的角色遮蔽了，这么说吧，当代中国几乎所有写诗爱诗的人估计都知道有"诗生活"这么一个网站的存在，但真正知道诗人莱耳并跟踪阅读她作品的人并不多。这么多年来，我从来没有看见过莱耳在任何时候任何场合抱怨过这种并不对等的付出，如同她早年在一则博客中所言："其实活着的意义确实不大，可我们活着已经不是为我们自己，——'为了我爱的和爱我的人'"。因为爱，所以做，简单的缘由导致出来的灿烂与辉煌，远比那些使命在身的成就感更见人性。

莱耳早年写过一首名叫《雪夜》的诗，讲述的是一个雪花飘坠的夜晚，朋友们围坐壁炉前品茗闲聊的情形，她写道："现在，我想靠在你们当中谁的肩上／睡去，在红茶的气味中睡去／外面雪下个不停"。这首诗里所描述的场景后来在她的生活中反复出现过，慵懒，精致，耽于爱与友情，构成了莱耳日常生活中的整体形象。莱耳不仅在自己的生活中塑造和强化着这种形象，而且也乐于将这种形象推己及人，就像她当年所倡导的那句具有号召性的喧谕："晚八点，诗生活。"这句话之所以能够在诗坛内部迅速激起回响，是因为它切中了我们对生活中那点微弱的、将熄未熄的火焰的渴望，能够唤醒和复活我们内心深处的温暖之光，并传导出人之为人的善意。从这个意义上来讲，莱耳其实是在用一种感同身受的方式向外界传递着这样一条确凿无疑的信息：没有诗意的生活是不值得一过的生活，而诗意并不遥远，你只需要静心感受，就能被它笼罩。"我多爱这样的夜晚／就如同爱这些／又温和又寂寞的谎言，如爱／一种贞洁，这古老的技艺／它总是诱惑我，把我带进同样的生活"（《甜美的病》）于是，哪怕生活日复一日毫无变化，哪怕这种爱近乎于谎言，我们也能从中找到活下去的力量。

多年以前在阅读了莱耳的一批作品之后，我说她是那种少有的能将感伤、抑郁和欢乐表达得收放自如的诗人，记得我还说过她是一个很少失态的诗人，现在回过头去再读她的诗，我依然认为这样的认知是恰当的。莱耳的写作极少发出"失态"的声音，她总是轻言细语娓娓而谈，声音中有甜美的忆念，淡淡的哀怨，有辽阔悠远的沧桑，也有局促陡峭的过隙之风，总之，她能让人感觉她是一个"有故事的人"，而这样的人绝不会无病呻吟。"从现在起，／只和你谈论美好事物，／这是我能做到的最好的事情。／生活变得容易，我并不需要／走那么远才经过你。"（《天堂有多美》）如同这首诗的题目所暗示的一样，莱耳将自己设置成为一个体验过天堂美好的人，再也没有什么能够动摇她对生活的信念。"只和你谈论美好的事物"不是一件容易的事情，但作为一个体验过美好的人，她的这种选择更能彰显人性中缺失的部分。而这也是我喜欢莱耳生活态度的一个原因，没有抱怨，哪怕病厄当头，也能够乐观豁达地生活和写作。

在莱耳的所有作品中，《谈话》可能算是惟一的一首罕见的"失态"之作，这首诗里有一种显而易见的激愤的语调，如果我们将它纳入莱耳的写作谱系中来看，就能看出这首诗其实显现了作者多年来一直在拼命抑制的负面情绪，在平和冲淡的表象之下，这位具有亲和力的诗人事实上也有和我们一样的脆弱和忐忑："在命运面前低头，命运就能对我们好点儿么／你嘲笑那些黑暗中你看不清楚的事物／当他们不存在，直到你看见"。据莱耳讲述，这首诗写于好友inandout出事之后她与朋友D的谈话，青春、友谊和死亡，如同幻象一般出入于我们的日常生活中，搅动着我们原本应该平静的生活，令人扼腕，也令人徒增怨忧。在这首诗里，诗人用一种再也寻常不过的口语（"你又把我弄哭了"）起笔，随着语速的加快，渐渐强化的音高，对命运发出的诘问产生出了锥心的力量，某种无法遏制的焦躁和愤懑充盈于字里行间，让我们得以看到了诗人的另外一面。而在更多的时候，莱耳仍旧会像"女王"一般活在她所珍视的人间："你不关心人类的生死，／更不关心他们的灵魂。／你一整天不说一句话，／一星期不出一趟门。／苹果花在春天开放，／你听见泉水的声音，／你比任何人起得早。／你坐在白色的地毯上，／像一个女王。"（《女王》）

附：莱耳的诗

莱耳，上世纪六十年代生于武汉，现居深圳。诗生活网站创办人，总监。

我把窗关上

我把窗关上
才能听见你说话
雨那么大
我把它关在外面
它还是不停
发出总在凌晨惊醒我的声音

房间很暗
你的声音像灰尘飘浮于空气中
暧昧的，低缓的
肉体消失
如一截劣质香烟
时间又轻又薄
我们在无用的事物中沉迷多么久

甜美的病

你对我说话了
用你的手，而不是，用嘴

在你谈论的草原和树木中
有一部分是我熟悉的
像我熟悉的天气、烟灰和诗歌
像仁慈，像你的假心

我从遥远的地方来
坐在你的对面
捧着青稞酒
神色镇定，彻夜寒暄

我多爱这样的夜晚
就如同爱这些
又温和又寂寞的谎言，如爱

一种贞洁,这古老的技艺
它总是诱惑我,把我带进同样的生活

高原置身背后,在我们的体内
一天天呈现出它的非人性
一种积攒了多年的,甜美的病

谈话

你又要把我弄哭了
眼泪浇灌不出什么
眼泪也浇灌不出罪过
所有该发生的事都发生在路上
死亡在昨天下午被预知
虽然晚了几个小时,星光都已经冷却了
在命运面前低头,命运就能对我们好点儿么
你嘲笑那些黑暗中你看不清楚的事物
当他们不存在,直到你看见
你希望他们也绅士一点儿,在扑过来之前,给你一个礼节性的表示
可是谁是谁的敌人呢
我们早已经开始相信药物,相信遗忘和变心
相信早餐里的半只苹果要在秋天烂掉,土豆会逃跑,牛奶会叫喊
把上帝的还给上帝
人间的留给人间
我们是相互的粮食,红色的果实,溃败了的棉花的天空
像瘟疫,饥饿的迹象已经出现,你的胃正在变小

请吃掉我

天堂有多美

天堂有多美,
人间就有多恶。
从现在起,
只和你谈论美好事物,
这是我能做到的最好的事情。
生活变得容易,我并不需要
走那么远才经过你。
我在等雨水洗白广场,我在等
轻雷滚过脚边。
我在想,什么将被宽恕,
天空还是深渊?
时间还是敌人?

女王

他们不相信,
这样的生活你已经过了许多年:
干净的床,
白色的家具,
白色窗帘,
满屋的花草随四时而开,
繁复的瓷器,

钢琴和书。

你不关心人类的生死,

更不关心他们的灵魂。

你一整天不说一句话,

一星期不出一趟门。

苹果花在春天开放,

你听见泉水的声音,

你比任何人起得早。

你坐在白色的地毯上,

像一个女王。

火车穿越无数隧道

火车穿越无数隧道,

来到田野和灯光中间。

小溪明亮,群峰静默,

仿佛闪烁之辞。

时光缓慢,这些被遗忘的地方请你经过。

秋天也可以暂且抵消你的厌倦之心,

让河水晚一些到达。

川上：安静的悲喜

去年底，"汉诗文丛"系列推出了诗人川上的处女诗集，这也是他写作二十多年来的第一本书。这部书的名字原本叫"安静的悲喜"，编辑设计完工之后，川上有点意犹未尽，拿着他的书稿来找我，在反复讨论之后我们决定将书名改为《谁是张堪布》。"张堪布"这个绰号是前年他去甘肃宁夏一带游历时，同行的兄弟们给他取的，回来后他以此为题创作了这样一首诗。在我看来，这首不足 20 行的短诗基本上体现出了川上的写作风格，安静，自足，平和中见沧桑，随性中又多少带有那么一点神秘，就像他诗中所描述的那列火车，路过一座座以他的"曾用名"命名的站台，兀自向天边开去，而车厢里面只有他一个乘客。

我认识川上的时候，他正以"孟寅"的笔名写作《中国琴师》等一批充满东方古意的诗作，但给我留下了深刻印象的却是另外一组以"阿兰"为主题线索的作品，三十多年过去了，我还依稀记得那组作品里吹气如兰的声音，澄澈，轻盈，仿佛雨后风过林间，吹落了滞留在叶片上的一滴滴雨水。多年以后，我曾与川上探讨过这个问题，在我看来，诗歌中的声音感和画面感可能是成就一首好诗最重要的因素，就像现在，即便我对"阿兰"这组诗里面究竟写了什么已经记忆模糊了，但那诗里所传递出来的声音的力量远大于他另外那批以思想性见长的作品。川上一直是一个有想法的诗人，而且他的很多想法由来已久，尽管他后来的生活发生过许多变故，但那种根深蒂固的想法并没有随时光的流变而中断或放弃。譬如，早期频频出现在他诗中的"打坐"这一行为方式，在他晚近的作品中也常常出现。而在生活中，"打坐"也是他惯常的行为，用他自己的话说，这可以让他时常有一种"清空"之感。川上是一个极其强调个人修炼修为的人，他所有的作品都贯穿了"能量守恒"的定律，在自持中恪守着他个人的美学原则，绝不会轻易地被流行的诗歌风尚裹挟而去。所以，才有了我后来在《谁是张堪布》新书发布会上的那段讲话："在一个崇尚变化的时代，川上是一个不喜欢变化的人，从前他写什么，现在他依然在写什么。惟一的不同之处是，他会不时地调整一下姿势，以便能更准确更深入地进入诗歌。"

"少年小桥的望远镜／最大值是24倍／因此长久以来他的所见之物／是普通人的24倍"，这是川上写于2008年春天的一首短诗，题目叫《望远镜》。在我对川上的整体阅读中，这首诗应该视为他对自我写作秘密的一次公开解码。诗人通过对少年小桥观察人世的行为方式的描述，同时也对自己这些年的写作进行了梳理与归纳，即，在"把事物放大的过程"中清晰地呈现事物之间隐秘的关联，达到静中有动、动中有静的效果。事实上，在此之前，川上已经写出了能够充分体现他的这种创作特征的诗，譬如《尘埃》："这光　从门外挤进门内／更像是门外的大光明／所漏掉的部分／它漏进来的目的／仿佛就只是／为了让我看见"。我曾经好几次听他在不同的场合朗诵这首诗，最富感染力的那次是在403国际艺术中心的红椅剧场，一束圆柱形的聚光灯从头顶打在他的身上，川上坐在台上，一字一句地读着，而身边尘埃漫舞，产生出了奇异的效果。是的，必须先学会安静，才能感受到川上诗歌的美妙，他的所有作品，包括他早期创作的那些并不太成熟的作品，都在教育他的读者：首先要做一个安静的人，因为只有在安静中才可以听辨出什么是真正的悲伤，什么是发自内心的喜悦。

"棉花从棉桃中炸开／声音真好听／整个下午／他都在棉地听声音／声

音由近及远/他一路跟过去/声音一直延续到天边天边是黄昏"(《奔跑的云》)。作为一个有乡村生活经验的诗人,川上对这种生活经验的处理方式也是特别的,他总是用一种不动声色的笔调来描述记忆中的人与事,赋予它们"微物之神"的力量。阅读这样的作品,你很难简单地将它们定义为所谓的"乡土诗",因为它们自身所承担的意义远远超越了题材写作的范畴。川上在看见、发现与洞见之中寻找着诗意的着陆点,放弃高蹈是为了抵达真实。譬如,他写"灶台上的蚂蚁",写"簸箕上的玉米",写"从胎衣中挣出头"的牛崽,写落日:"它比蛋黄羞涩/停在对面的楼顶上/一脸无辜的暧昧"……在我看来,川上的这些诗作不仅能够唤醒我们日渐麻木的情感神经,而且部分复活了我们对日常生活细节的感受力。再也没有比做一个这样的诗人更幸福的了,尽管他并不能阻遏时光的流逝,但他已经尽力延缓了时光飞逝的步伐。

前不久,我应邀给母校的《摇篮》文学杂志创刊35周年撰写一篇"卷首语",脑海里突然蹦出了这样一句话:"挥挥手臂就断了"。在那篇文章中,我一直在绞尽脑际寻找这句话的主人,因为这句话见证了三十年前的那个充满感伤的"毕业季"。文章发出来后,川上前来认领。由此可见,我们之间的友谊已经逾越了三分之一世纪,我们在如此漫长的时光中独自悲喜,又因为诗歌,让我们得以分享彼此的悲喜。亲爱的川上,无论你的列车经过多少站牌,我都会在深夜空旷的站台上,习惯性地"挥挥手",向你致意。

附:川上诗选

川上,本名张良明,曾用名孟寅。1965年9月出生于湖北汉阳。上世纪八十年代开始诗歌写作。曾于1988年创办诗歌民刊《新世纪》。主要作品收录于《象形》(2006卷至2015卷)。诗歌作品散见于《汉诗》《花城》《诗歌月刊》及多种选本。著有诗集《谁是张堪布》。现居武汉。

尘埃

从门缝中挤进来的一束光
照亮的
是空气中起舞的尘埃
这尘埃 在这样一束光中起舞
这房间内所有的尘埃
这一刻 似乎都已
聚集到这光束中起舞
这光是明的 这尘埃使这光
找到它的方向性
这光 从门外挤进门内
更像是门外的大光明
所漏掉的部分
它漏进来的目的
仿佛就只是
为了让我看见
原来还有这么多的尘埃
藏在我的房间里
原来这么多的尘埃
还可以在这光漏中
自由地飞舞

望远镜

少年小桥的望远镜

最大值是 24 倍

因此长久以来他的所见之物

是普通人的 24 倍

这包括林中的斑鸠 树叶上的毛毛虫

橱窗里的模特 公路赛飞过所扬起的灰尘

因此少年小桥看事物的过程就是把事物放大的过程

此刻 小桥已回到他的房间里

他的望远镜对准的是对面的屋顶

五只鸽子 白色的鸽子排成一排

你一下 我一下 它们用嘴啄着彼此的身体

夕阳就要下山的那一刻

五只鸽子 白色的鸽子

骤然离去

而天空

少年小桥的天空不留下一丝的痕迹

奔跑的云

棉花从棉桃中炸开

声音真好听

整个下午

他都在棉地听声音

声音由近及远

他一路跟过去

声音一直延续到天边天边是黄昏

他一路跟过去

棉桃开过棉树就死了

幸好到黄昏

他已看不见

棉桃在继续开

他的背后像是跟着一大片

可以奔跑的云

微凉

天刚蒙蒙亮

我们家水牛拉的第一泡尿

足足有半桶

它的热气与空气中的潮气

混淆在一起

凝为晨露　挂在牛尾上

隔壁家三叔在轻声念叨——

"尿……尿……尿……"

他轻抚着母牛的脊背

把随手抓到的虱子丢进嘴里

嘎嘣一声

他吐出早晨的第一口痰

就在前天

三叔家母牛刚下了崽

牠站着就把崽给下下来了

三叔双手接崽
搂在怀里
崽从胎衣中挣出头
牠好奇地盯着眼前的陌生人
像是要打探他的来历

安静的悲喜

天空是仁慈的
在它就要离去的那一刻
降下雨水

苦楝树是仁慈的
在它已不能喝下下一瓢水时
折断悬挂着它的那根手臂

火钳是仁慈的
撬它的嘴
仅仅碰碎它的两颗牙齿

绳索是仁慈的
它勒着它的脖子
避免了长长的哀鸣与叹息

谁是张堪布

我有过许多的曾用名

每个名字都是我路边的小镇

饮一杯小酒

列车继续往前开

那年三月

我见到一个没有名字的人

他从水中出来的模样

怎么看怎么都像

我的亲人

今年七月

在夏日塔拉皇城草原

我再一次见到他

他偶尔和一群老鹰在一起

向低空盘旋

他偶尔和一群野牦牛在一起

一眨眼就消失在

那道山谷

李南：我还有这深情又饶舌的歌喉

1991年夏天，我第一次因为诗歌出了一趟远门。绿皮火车载着我青春躁动的肉体，从湖北荆门出发，咣当咣当驶往想象中的北戴河。诗人韩文戈、大解等人正在海边等着我，参加一项名为"现代诗群大展"的活动。我就是在这那场活动中认识李南的。那时候，她还在哺乳期，一副行将入世又忐忑不安的样子，只是作为一位诗人之妻，我尚不知道她自己也在写诗。后来读《诗神》（如今的《诗选刊》），读到一组署名"李南"的诗作，经文戈兄确认，才知道她正是我在北戴河海滨小屋里见过的那位。再见李南，已经是十几年之后的事了，她应邀来武汉参加"或者"诗歌论坛活动，在攒动喧闹的人群中，她的脸上始终挂着安静平和的笑容。诗人之间的交往大抵就是这样：见过面，不一定熟悉；认识了，不意味着了解。所以，除了阅读，你不可能经由其他的路径进入他人的世界。最近我在《长江文艺》上编发了李南的一组近作，写了这样一段推荐语："李南的诗越来越有一种直视命运的悲剧力量，不苟活，不趋同，但也不高蹈，在与命运的相互打探中，诗人用羸粉之躯捍卫着人之为人的尊严，这样的写作其实是对诗歌本身的捍卫。"之所以使用"越来越"这个词，是因为我从她近几年的作品里读到了一种渐渐强化的音调，即，那种近乎于被推搡到墙角之后所发出的抗拒之声，不同于呼救，也不同于哀告，而是一种斩金截铁的凛冽的声音，如同她在《我有……》这首诗里所坦然陈述的："我有黑丝绸般体面的愤怒／有滴水穿石的耐心。／我有一个善意人／偶尔说谎时的迟疑。／我有悲哀，和它生下的一双儿女／一个叫忧伤，一个叫温暖。／我有穷人的面相／也有富人的作派。／……我还有这深情又饶舌的歌喉／谁也别想夺去。"隐忍的怒火以一种玉石俱焚的勇气呈现出来，宣告着那个曾经试图用祷告和呼唤来维系与生活紧张关系的诗人，让位给了另外一位直视命运绝地反击的诗人。

谦卑，羞愧，以及由此带来的对人世况味的反复咂摸，构成了李南诗歌作品的基本底色。从写作者的角度来讲，这样的底色本身并不新鲜，也不具有什么优势，因为它是如此的司空见惯，更因为它先天就具备一种进入阅读者内心的审美惯性，似乎只要写作者放低身心，就能径直抵达预期的效果。但真正优秀的诗人却是善于从"大道"出发，然后劈开一条又一条"小径"的人，他（她）从不愿意在前人留下的脚窝里面亦步亦趋，他（她）要拓展的不是脚印，而是道路本身。李南显然早已洞悉了这一使命，所以她写道："祈求美在变化中更美／祈求书中的文字、网络爱情／不可靠的种种奇迹。／尘土和悲哀，曾经是／我的生活／现在，它们不是。"（《十一行诗》）在她早期一系列的"致敬"诗篇（致昌耀、阿赫玛托娃、曼捷斯塔姆、茨维塔耶娃等）以及诸多祷告诗里，我们读到的诗人总是那位"能够在罪恶的人世间边走边唱"的诗人，心怀隐忧，目噙热泪，与此同时，一种四处弥漫的无力感常常让诗人的咏叹无所依附。作为一位抒情性很强的诗人，李南的写作依赖于饱满的情绪推进，只有当这些情绪完全契合于她独特的情感世界时，才能让我们感受到语言本身带来的撞击力。在我的阅读过程中，我感觉李南在这方面有过一段时期的犹疑和徘徊，她想发力，但力道显得忽大忽小。而真正让我对她的写作刮目相看的是这两首诗的出现：《夜宿三坡镇》和《下槐镇的一天》。

"呵，过客将永远是过客／这一天，我只能带回零星的记忆"。在这首《下槐镇的一天》中,李南已然摆脱了对一些空泛概念的纠缠,让诗意反复回旋在一个又一个处心积虑的细节里,从弯腰提水的农妇到笑指天边的垂暮老人,随着叙述的推进,"下槐镇"的形象渐渐从空濛的时空中剥离出来,成为广阔的现代乡村中国的一个完整的切片,真切地呈现在我们眼前。一首好诗所应该具有的元素,在这首作品里得到了充分落实。我曾在许多地方讲到过,急于表达思想可能是我们这个时代诗歌写作的通病,而如何让所谓的"思想"通过语言自主呈现,才是诗人的本分。从这个角度来讲,《下槐镇的一天》堪称典范。

在这个时代,能够持续发力,持续给我们带来阅读惊喜的诗人,其实并不多。李南做到了,而且最近几年她做的工作比大多数同辈诗人都出色。

在一首题为《诗歌和我》的诗中,李南诚恳地修正了她与诗歌之间的关系,她写道:"不要给我戴上桂冠,只有荆棘 / 才配得上我的歌声。/ 我对你,充满影子对光的敬意 / 又好比工匠对手艺的珍爱……",这是一位潜心体味生活,虔诚对待写作的诗人,在无常的人世对自己发出的律令,我们因此得以看见诗人李南在雾霾肆虐的燕赵大地上,凝视一朵野花、一缕炊烟的身影,也得以听见她这样的悲愤之声:"我不再做大而无当的祷告 / 不再为这个无神论横行的国家操心 / 让沉睡者继续沉睡 / 让独裁者更加独裁 / 我只一门心思向主恳求:/ 愿主医治你的身体,并赐给你全新的生命。"阿门。

附:李南诗选

李南,上世纪六十年代出生于青海。1983 年开始写诗,1994 年出版诗集《李南诗选》,2007 年出版诗集《小》,2014 年出版诗集《时间松开了手》,作品被收入国内外多种选本。现居河北石家庄市。

小小炊烟

我注意到民心河畔
那片小草它们羞怯卑微的表情
和我是一样的。

在槐岭菜场,我听见了
怀抱断秤的乡下女孩
她轻轻的啜泣

到了夜晚,我抬头
找到了群星中最亮的那颗
那是患病的昌耀——他多么孤独啊!

而我什么也做不了。谦卑地
像小草那样难过地
低下头来。

我在大地上活着,轻如羽毛
思想、话语和爱怨
不过是小小村庄的炊烟。

羞愧

我羞愧是因为分辨不出
二月和三月,泪水掉进酒杯的味道

是因为我每天吃神赐的米和蔬菜
却不如一棵香蜂草更有用

苍鹭斜斜地插进水面
天空长满银刺,幻觉将我和生活分开

羞愧啊!面对古老黑暗的国土
我本该像杜鹃一样啼血……

再有一年,我就活过了曼德尔施塔姆
却没有获得那蓬勃的力量!

我有……

我有黑丝绸般体面的愤怒
有滴水穿石的耐心。
我有一个善意人
偶尔说谎时的迟疑。
我有悲哀,和它生下的一双儿女
一个叫忧伤,一个叫温暖。
我有穷人的面相
也有富人的作派。
我有妇女编织毛衣时的恬静
也有投宿乡村旅店的狂野。
我经过吊桥
小丑在城楼上表演。

死亡早已准瞄了我

但我照样品尝新酒,哈哈大笑。

我有傻子和懒汉的情怀

活着——在泥洼地里、在老槐树下。

我还有这深情又饶舌的歌喉

谁也别想夺去。

下槐镇的一天

平山县下槐镇,西去石家庄

二百华里。

它回旋的土路

承载过多少年代、多少车马。

今天,朝远望去:

下槐镇干渴的麦地,黄了。

我看见一位农妇弯腰提水

她破旧的蓝布衣衫

加剧了下槐镇的重量和贫寒。

这一天,我还走近一位垂暮的老人

他平静的笑意和指向天边的手

使我深信

钢铁的时间,也无法撬开他的嘴

使他吐露出下槐镇

深远、巨大的秘密。

下午6点,拱桥下安静的湖洼

下槐镇黛色的山势

相继消失在天际。
呵,过客将永远是过客
这一天,我只能带回零星的记忆
平山下槐镇,坐落在湖泊与矮山之间
对于它
我们真的是一无所知。

夜宿三坡镇

我睡得那么沉,在深草遮掩的乡村旅店
仿佛昏死了半个世纪。
只有偶尔的火车声
朝着百里峡方向渐渐消失。
凌晨四点,公鸡开始打鸣
星星推窗而入——
我睡得还是那么深啊
我的苍老梦见了我的年轻……

章凯：重要的是，我还有可以抛弃的东西

阅读章凯已经有很多年了，她的诗量不大，但几乎每一首都很耐读。耐读不同于艰涩难解，更有别于那种故弄玄虚的写作，稍有阅读经验的人都明白，真正耐读的诗一定是气息绵长气韵充沛的作品，这样的诗进入容易，但文本内部复杂的空间感和层次感造成了诗意的众多出口，能给读者带来多重的审美感受。以她那首广受好评的诗《天然的哀伤》为例："我有无限次的衰亡。/每一次的经历，是上一次的衰亡。/有时，我也替别人死。/别人并未获重生。/新日子，鸟喙含着惊人的消息：/后面的花开，不是很静吗？后面的流水，不是很静吗？/你每日将牛奶轻轻滴入水中，/那人把苦味泛于海上。"这首只有短短八行的诗，以自悯的语调呈示着生活的真相，哀而不怒，诗人内心世界的紧张感在语言舒缓的节奏中得到了有效的释放。章凯的很多诗都采用了这样一种"悯调"（她甚至写过一首题为《悯调》的诗），在克制和隐忍中展现出抒情的原始力量——是的，在章凯这里，抒情被视为诗歌的本分，为了保证抒情的纯粹性，她甚至在词语的调遣和句式的编排手法上也保留了部分古典主义的趣味，匀称，讲究，尽可能避免因拖泥带水而产生的结构上的松散。所以，在阅读章凯的时候，我们的思维经常会出现这样的幻觉：仿佛回到了早年的阅读现场，庄重而肃穆，有一种仪式感。从这方面来看，章凯的写作在今天似乎显得不合时

宜，不那么现代或后现代。但是，如果我们摒弃这些观念的作祟，潜下心来阅读她的作品，就会发现章凯在诗中多坚守的那些东西，在眼下这个时代弥足珍贵。

一个非常有趣的现象是，在诗歌形制和神韵上恪守着某些古典主义审美原则的诗人章凯，却在她的作品里反复书写着关于"抛弃"的主题，譬如在《缓慢的静穆》中她写道："丢弃不相关的物什吧！/天赐衣食，苦赐甘适。"在《清晨》里她进一步写道："重要的是，我还有可以抛弃的东西。/甚至直到死亡，我都可以抛弃一些东西。//那些生命中活跃的东西。/那些生命本能不能遮掩的东西。"而在一首题为《房子》的诗歌中，这个主题被处理成了诗人对待日常生活的审慎态度。究竟是什么造成了章凯对这一主题的着迷，当我们在阅读了她更多的诗歌之后，不难发现，促使诗人进入写作状态的力量源主要来自于两点：一是那些外在的提升着我们生命意识的物象，如落日、月亮、清风、云彩，以及广袤的生生不息的大地，它们在塑造我们精神的同时，也让我们时刻感受着生之卑微；另外一点是源自诗人内心深处挥之不去的耻辱、羞愧、厌倦和哀悯之感，如同她诗中所言："我毕其力气可以做的事，就是/在我经历过的所有时光中画押，然后/向不明物体交差……"（《晚年》）。当这两种力量分道扬镳的时候，我们可以看到诗人呈现出来的是开阔辽远的精神空间，譬如《一年蓬》《弦月》《薄如西南之丘》等；但在更多的时候，这两种力量彼此纠结在一起，在相互拽扯中将诗人的内心世界分蘖成若干矛盾体，因此，诗人呈现出来的情感经常带着深深疑虑："我凭什么可以给自己写下挽歌？/也许是慈悲的心，要原谅自己犯下的另一次错误：要称颂那些混乱的哀悯与知觉/这所因果的迷宫，埋葬了多次耻辱。"（《挽歌》）

诘问的语调在章凯的写作中是一种常态，犹如她对生活对现实世界的不信任感也是一种常态一样，这种紧张的关系充斥在她几乎所有的作品里，彰显着诗人不愿被生活驯服的桀骜，而她的凛冽也往往在这不肯和解的刺那间刺痛着我们："我年老的生活内容之一，就是在可以活动的那些年月里，/自己下楼，自己在垃圾堆边，向前扔掉/最初看起来全都有用的各个物件。"同样是在这首《晚年》中，章凯将"扔掉"的东西又重新打量了一遍，这是令人心碎一瞥，从中看见了我们人生在世的诸多不甘。

我和章凯在合肥见过一面，那是在阅读她多年之后匆匆见过的一面，照例是高朋满座的席间，她端着酒杯过来敬酒，灯光恍惚，人影婆娑，这位低调的诗人在浅浅饮下一口酒后，欲言又止的样子一直停留在我的记忆中。现在，我读着她的《挽歌》，仿佛听见了她那天没有说完的话："我重重地写下了'爱'字，不可避免地在身体上打下它惨暴的印迹/消瘦，看花，/谈论古典主义，来抵抗/冥想，这在生死之路上行走的唐吉诃德/风车之指向，永不停息，/我请求更明确的语言指示，在我困苦不能安守之时"。如此明晰而强健的"挽歌"，我好久没有听到过了。

附：章凯诗选

章凯，1969年生，现居安徽合肥。2003年开始写诗，作品散见各文学刊物及网刊。

天然的哀伤

我有无限次的衰亡。
每一次的经历，是上一次的衰亡。
有时，我也替别人死。
别人并未获重生。
新日子，鸟喙含着惊人的消息：
后面的花开，不是很静吗？后面的流水，不是很静吗？

你每日将牛奶轻轻滴入水中,
那人把苦味泛于海上。

一年蓬

尽管我们踏于其上,
但惟有大地能包容。

每天的第一道阳光
由它赏且尽得,

不与我们半点。最后一道也是。
那是我们够不到的景致。

——神秘的事物:没有你们
我们该有多么孤独。

——孤独的事物,没有你们
我们该有多么动荡。

清晨

清晨,打动我的,是我自己的清醒。
在城市,连大自然也无法
馈赠给一个穷人任何东西。
我的内心给了我。

我需要,

且不能遮掩。

死亡和羞耻都没有了。

我改变了它们,一切,以及,羞耻;

重要的是,我还有可以抛弃的东西。

甚至直到死亡,我都可以抛弃一些东西。

那些生命中活跃的东西。

那些生命本能不能遮掩的东西。

房子

我没有勇气卖掉它。
目前,我可以通过别的形式
活下去。他们打电话来,
让我考虑了很久……
但在其中,我只学会了见面与失言。
每天的后来,我就躺在那里,
试图躲避过往……与错。
当然,我俯下身子,看到的,
也不全是这些,我的房子,
众人穿梭,内中盘算,
但什么也不曾听说。

遍及我们的国土

正义给我们一切,而我们
却时时破坏它。
因为我们鲜活的生命,
懦弱而虚荣。

我们宁愿在笼子中寻找意义。
那些冠之以终极、平等、自由,
甚至是,虚无的意义。

遍及我们的国土,都是
这些意义……只有爬上山岗的人,
一览无余,但他们带着镣铐。

当他们倒下,我们或许可以
在那上面埋上他们留下的国土。
广袤的大地啊!原谅我们

也曾看到丰美的田野,也曾看到
流淌的河流,崇高的山峦,并且我们,
也曾不由自主地用形容来抒情——

原谅我们丢弃了那些高贵的抒情。

我们的懦弱虚荣,同时也

贡献了，我们下一代的生活。

当然，我们也有快乐，

我们的快乐，藉由他人片刻的温柔，

——而忽然发生。

挽歌

我凭什么可以给自己写下挽歌？

也许是慈悲的心，要原谅自己犯下的另一次错误：

要称颂那些混乱的哀悯与知觉

这所因果的迷宫，埋葬了多次耻辱。

我或许有不忍放下的手艺与孤独，残忍与亡故都未曾企及——

只落熟于相亲的灵魂之中。世界正如激烈的几何学：

与那些变形、厌倦、无所事事的人一起，

我重重地写下了"爱"字，不可避免地在身体上打下它惨暴的印迹

消瘦，看花，

谈论古典主义，来抵抗

冥想，这在生死之路上行走的唐吉诃德

风车之指向，永不停息，

我请求更明确的语言指示，在我困苦不能安守之时

宇舒：在我空虚的邮箱里等着你

有一位曾经在诗歌中浸淫多年，却最终搁笔不再写诗的朋友言之凿凿地对我说：世上最好的诗肯定是情诗。他给出的理由主要有两点：一是这个世界本来就缘起于男女二人，他们的关系是人类一切情感的起源，古老而恒定；二是真正的爱情是人世间最为稀有难得的，人们往往以为是爱情的那种东西其实大多是只爱的表征，而非爱的本质，因此，诗歌一旦切入这一领域就必将面临两种命运：要么动人心魄，要么苍白无力。我后来反复思考过这位仁兄的话，觉得他说得有些在理。我没有做过调查，但可以肯定的是，大多数走上写诗之途的人都是从阅读和写作爱情诗开始的，爱情诗几乎是每一个写作者最初向他人证实自我才华的凭依，也是他（她）和人类真正发生关系的重要证据。所以，把爱情诗写好，或者说，写出一首（哪怕仅此一首）真正意义上的爱情诗，是每一位诗人在内心深处给自己默默下达的使命（我也曾给自己下达过，但很不幸，至今仍然没有完成）。

阅读宇舒的时候，我很快就意识到，眼前的这位诗人或许早就明白了这一道理，尽管她的写作题材并不完全拘囿于爱情这一个主题，但是很显然，她写作的注意力及其语言才华在这个主题上体现得最为充分："这不是爱了一次又一次／碎了一遍又一遍／是上帝给我一个祝福／我给上帝的回信／写了，涂掉，再写一遍"（《赠诗》）。在一遍又一遍的涂写过程，诗人逐渐明晰了生活的意义，那是为爱而生因爱而亡的高洁与孤绝、圆满与缺失，是上帝曾经允诺过我们却一直不曾兑现的现实，而写作的过程不过是不断敦促上帝践诺的过程。

宇舒写过一首题为《赛里木湖》的诗，全诗只有十二行："赛里木湖的蓝／是爱情中没有背叛／和怀疑，只有挚爱／的那种蓝／／赛里木湖的马／是和理想一样彪悍的马／即使它被牧马人牵着／不能飞奔／／赛里木湖也有忧郁的马／它站在夕阳下／望着自己的脚尖／回忆一匹母马"。在我看来，这首貌似简单的作品蕴含了诗人一以贯之的写作母题，执拗于一种纯粹的没有杂质的情感，却不得不受制于现实，像这匹既彪悍又忧郁的马，给人慰藉，也让人徒生烦忧。宇舒在她的许多诗中都发出了无可奈何的喟叹，这是易朽的肉身在穿越时光的过程里受挤压遭剥落的呻吟，也是她在意识到了命运蛮力的生拉硬拽之后所听见的自己的心跳声："即使只有死亡不朽／即使发生过的无从证明／即使，神注视着／人的悲苦，人的无辜／有时沉默不语，有时无能为力／如同我注视着，那只横穿马路的兔子"（《致阿里，致冈仁波齐，致古格王朝》）人之为人的局限最终在通往爱的途中被进一步放大了，爱变成了一场苦役，而我们依然还沉醉其中："怎样才能慰藉你／除了睁着我炽热的双眼／写着我绝望的诗篇靠近你／在我空虚的邮箱里，等待你"（《致》）。忍耐，承受，告慰，这些源自于人性深处的情感元素被激活，迸发出来，通过诗人语言的锤炼，变成了一粒粒"结石"，而我们却宁愿视之为"舍利子"。

在一首题为《写给11月6日的梦境，和它的消失》的诗中，宇舒给消逝的爱赋予了迷幻的色彩，斑驳的梦境与曾经的现实一再重叠，而后分开，在梦中释放的激情被清晰地呈现出来，但爱人的面孔却是模糊不清的："甚至我想，我梦见的并不是你。／我只是梦见了，一个没有脸孔／的爱人，梦见我踯躅着／牵了那只瘦瘦的手，幸福像汽车／滑过减速带时的震颤，它不肯减速。"这首诗里面始终回荡一种义无反顾的声调，决绝，沉醉，但同时又充满了疑虑和不安，正是这种在矛盾和冲突的搅拌中形成的力量，造成了我们阅读上的情感饱和感。这正是一首好诗的魅力所在，它从一个入口进去，但里面曲径繁复、回旋、出口在望，却迟迟难以走出。宇舒对语言的控制力在这首《那像谶语的一句》的诗里也得到了完美的显现，由一句话引发的诗，在短暂的对话中完成，又由对话引出一个人的命运走向。"你的诗就是写给我的！"写作者和被写者同时在这首事关生活的题材中找到了彼此，这才是我们醉心于文学的原因。

在写作这篇短文前，我只见过宇舒一面，听她谈起过家族往事，作为一个生长在重庆的女孩，她身体里面部分流淌着武汉人的血液。在我的阅读视野里，她的写作与重庆大部分诗人的风格不太一样，她似乎更加理性，即便偶然流露出了恣意的倾向，但很快就被克制住了；她也更注重诗歌中的声腔，我指的是那种字正腔圆的平和的调子，而非重庆声腔中的那种可爱的霸道和烂漫。我听过她的朗诵，真的很好听。

宇舒诗选

宇舒，原名赵宇舒，公务员，现居重庆。主要作品有诗集《不再》《废墟上的树》，曾在《诗刊》《人民文学》等发表刊物诗歌及译介文章。

关于爱情

她不去参加他的葬礼
他也不去参加她的葬礼
他们各自，安静地死去

其实没有任何人死

要死也只是每天

死一点的那种死

堵车的时候,我就

趴在车窗拍金黄的树叶

这无法制止的枯萎,真美

写给11月6日的梦境,和它的消失

两个没有脸庞的人

两张真切的嘴唇

一个和我一样敏感、冲动的人。

我是梦见了你,不顾失散了的爱惜

和老死不相往来的决定。

不是我想回忆起

乱世里声嘶力竭

最终却不着一词的失散

(空气里我颓然离开)

以及更早的早年

我如何在弥散着奇妙体味的叙述里

遇见忧伤、恍惚、容易自伤的同类,

不是。

甚至我想,我梦见的并不是你。

我只是梦见了,一个没有脸孔
的爱人,梦见我踯躅着
牵了那只瘦瘦的手,幸福像汽车
滑过减速带时的震颤,它不肯减速。

它呼啸着向前,肯定就会撞碎什么。
我对你说——
那就让我们彼此指认吧,
越过这个我们爱着,又怀疑着的世界。
越过爱着,又怀疑着的人群
越过爱着,又怀疑着的彼此。

……这时候,天就亮了
你依然是我的敌人
在找回了脸庞的清晨。

致

你是只会捏泥人
捏爱的器官的哑巴孩子
怎样告诉你
只有我谙熟你的语言

怎样告诉你,已有很多年
我注视着你孤独的舞步
你彻骨的爱情,敏感得

在人群中没有伴侣，和我一样

而我是不能爱你的残疾人
不用告诉你
我有太多敏感的触须
唯独没有一条可以深入你

怎样才能慰藉你
除了睁着我炽热的双眼
写着我绝望的诗篇靠近你
在我空虚的邮箱里，等待你

清晨

"谢谢你，不知名的陌生人
收养了两天我家的小鸟"

清晨的单元门上
我看到这样的纸条

"现在小鸟回家了
它今天喝了一小碗水"

他们是怎样相遇的？
——鸟儿和邻居

啪，一张纸覆盖了这张纸
——小区停车费涨价通知

啪，又是一张纸
——小区轮流限电通知

我只好回家了

那像谶语的一句

一个系友，一个中年妇女
说读我朋友圈的诗读哭了。
我问她哪一句
"你敏感的爱情，在人群中没有伴侣。"
"你的诗就是写给我的！"
"我的人生就是一首写不出来的诗。"
"我甚至都不是在感叹感情经历，我是在感叹人生不易。"

那应该是92年
记忆中，这女孩儿眼睛很黑，很大
（那时我们都是女孩儿）
她披散着长发，背着吉他
轻轻地说，她要唱一首歌
——"别哭，我最爱的人"
（这是残疾歌手郑智化的歌）
当时我觉得这女孩好有气质

还暗自模仿那语气
据说，这女孩从初中就开始早恋
她爸爸一直给她转学
怎样转学，都无法阻止她的早恋

现在，我又翻了翻她的朋友圈
如今，她一人生活在炎热的刚果
她笃信着她的上师——热腾仁波切
她的生活中有一条黑狗
她每天会转发很多条微信
——鸡汤、仁波切、养生、心理测试
算起来，她应该有43岁了

艾先：虚胖的脸上还隐约有着少年的五官

多年前的一个晚上，一帮兄弟聚在首义园喝酒，结束的时候已是子夜时分，天空中居然飘起了雪片。我们在街边作别，趔趄着各自散去。这本是若干年来发生在我们生活中的一个再也寻常不过的夜晚场景，但对于诗人艾先来说，那个晚上却具有特别的意义——他在徒步回家的路上口占了一首绝妙的小诗：《燕子》。这首诗以极简的语言风格抒发了诗人内心深处缠绵悱恻的情感，融孤独、哀怨、希冀等各种情绪于一炉，烙铁一般炙烤着那个冬夜："天上那些乱飞的鸟啊／其实我知道你们的名字／你们都叫做燕子"。为什么恰恰是"燕子"而不是别的鸟儿？何况是在这样的冬夜里？这是我们感兴趣的问题所在。这么多年过去了，我们还在追问，而艾先总是笑而不答。这首诗的手法在有意无意中借鉴了汉代乐府民歌的调式（"江南可采莲，莲叶何田田"），却在现实语境里生发出了别样的意趣，轻盈，俏皮，韵味十足，堪称艾先从事诗歌写作以来最具代表性的作品之一。

艾先，湖北恩施苗人，网络刚刚兴起时便身披"臭美人"的马甲混迹于腾讯诗词论坛，并担任版主，在诗歌论坛极为活跃的那些年，他常常厮混于诗歌江湖，热衷于干仗，和网上的各种逸闻趣事。在我看来，艾先的身上兼具那个时代网络诗人们全部的优缺点：自由，任性，随意，偏狭……一方面才华耀眼，另一方面却不珍惜才华，甘愿自生自灭。如同他在《大欢喜》中所言："总有一天，人们会厌倦了叙述／厌倦了说／甚至厌倦了无处不在的身体／／厌倦了那些乍现的或者是／精心设置的比喻／／但是，这世间的真相是多么的空虚！／所以我们必需要去热爱一些／美好的东西"。而当这一天真的到来的时候，空虚和厌倦感已经蛀蚀了这具肉身，幸好艾先还有一种让人称羡的能力，即，对生活毫无保留的爱的能力。

在我所熟悉的朋友中，很少有人比艾先更善于享受生活，这个号称"抽空去上班"的男人，终年将自己的肉身安妥地闲置在相对狭窄的空间里，尽最大的可能去饲养和满足它。为了换一换早餐的口味，他居然能一大早起来给它包饺子；为了让它获得该有的舒适和愉悦，他能在电影院一连看三场电影……在这些被世人视为荒诞的地方，艾先体现出了常人难以想象和忍受的耐心，而当这种能力内化成了他对待生活的态度时，他的诗歌才渐渐显示出了某种身心合一的大格局来："需要承认自己已经到了中年／身边长大的孩子不时会提醒这一点／／就像此刻，摆着两三杯啤酒／坐在江边的藤椅上／霓虹混杂着细碎的树影下／虚胖的脸上还隐约有着少年的五官／／眼前就是当下的事实：／不断往来的车声盖过江水／庙里没有和尚／黄家巷里没有姓黄的人"（《中年之诗》）。在这首充满沮丧感的诗中，诗人并未被挫败感击垮，他还能从中年虚胖的脸上辨认出曾经的自己：那是一个长发飘飘意气风发的青年，热爱摇滚，开过录像厅，盘桓于繁华的街市和酒肆——艾先曾给我们指认过那个人的照片，在一片哄笑声中，这个如今已经浑圆发福的男人嗫嚅着，腼腆地笑着，却欲辨已忘言。

在一首题为《最情诗》的诗中，艾先信誓旦旦地说道："我要去爱一个水性杨花的女人"，而在日常生活中，这个典型的闷骚男却只能把行动付诸于无尽的想象，就像他在这首诗中所想象的那样，他爱的那个她永远是崭新的，"永远像我们认识的第一天"。把不可能变成可能，让强劲的想象成为现实，甚至取代现实，有时，我真的怀疑艾先已经做到了，不然你很难理解这位浑身散发着市井烟火味的诗人，何以能够写出那么细腻缠绵的诗句来。如果说《最情诗》因耽于想象而失之虚妄的话，那么，《小情诗》里所弥散出来的温情和爱恋则令人柔肠寸断，一种纤细的，近乎微微叹息的声音从某个角落里传来，而你循声望去，看见的却是一尊一动不动的佛身。

在富有历史人文气息的昙华林与充满汉味民俗特色的粮道街之间，艾先已经在这一带生活了将近三十年，他比我们任何人都清楚哪家的热干面最好吃，哪家的烤板筋最可口，作为一个标准的吃货，他还要经常从网上搜罗各种稀有的食材，从岩耳到松茸，这些散发着乡野气息的东西一次次提振着他对生活的信心，也让他自觉地规避着被眼前文明世界彻底驯化的可能。"凡是你们拥护的我都要反对，凡是你们反对的我都拥护"，这几乎是他在这个成人世界里的惟一立场，如果这也算得上是立场的话。

附：艾先诗选

艾先，原名艾民，1969年出生于湖北恩施，现居武汉。著有诗集《书简》等。

地下铁

火车开到了地下
灯火通明的车厢进入
接连不断的黑暗内部

我喜欢地下铁
喜欢叫它地下铁而不是地铁
喜欢幻想着

和一个面目模糊的女人一起

在这温柔灯光的金属容器里

站台的光亮和

它们之间层次分明的黑暗

拥有着无穷的可能性

沙之下

一般来说，沙的下面

还是沙。

如果再向下，是

石砾和水。

如果可以，不断地

不断地向下挖

经过地壳，地幔以及

炙热的岩浆

喂，你说

会不会遇见一个

正在对面

挖沙的人

梅家山的月亮

在车窗边，一抬头

就看见了梅家山的月亮

也可以说是：武昌的月亮
更准确点，就是月亮。
我走，月亮也走
和我保持在同一的速度
有些时候，会看不见它
当楼房或是树丛把它遮掩
车子开进隧道
那是比较长的一段时间
月亮消失掉
内心空空荡荡

别赋

离城区3公里
第一次想你
离城区5公里
想了你5次
离城区30公里
基本上做到了不再想你
那个才尽的江郎说：
——黯然消魂者，惟别而已矣

燕子

天上那些乱飞的鸟啊
其实我知道你们的名字

你们都叫做燕子

有些燕子往东飞
有些燕子往南飞
有些燕子往西飞
有些燕子往北飞

落了单的
一个劲地埋着头飞的
也还是燕子

中年之诗

需要承认自己已经到了中年
身边长大的孩子不时会提醒这一点

就像此刻，摆着两三杯啤酒
坐在江边的藤椅上
霓虹混杂着细碎的树影下
虚胖的脸上还隐约有着少年的五官

眼前就是当下的事实：
不断往来的车声盖过江水
庙里没有和尚
黄家巷里没有姓黄的人

小情诗

多想写一封信给你
用素色的信笺
手摸上去 还有粗糙的质感
寄出前 拿去阳光下晒晒
当你手冷时
可以感觉到一点点温暖

至于内文
随便写上几句话也好
谈谈天气或是星座
说你能有美好的一天
或者只写上四个字：
见字如面

袁玮：一大群袁玮

在我的阅读视野里，袁玮是一位极具个性、语言凛冽充满杀伤力的诗人。像一个拿着刀子在眼前胡乱挥舞、披荆斩棘的家伙，完全不顾及刀锋伤及旁人和自身，这印象从几年前我开始阅读她的作品，直到现在也没有改变。简洁到嶙峋的句子，几乎不动声色的叙述，不经意间突然划出的一道道寒光……在当代中国诗坛年轻一拨诗人群体中，袁玮的写作已经非常引人注目。在一首题为《百度袁玮》的诗中，袁玮煞有其事地将人世间所有的"袁玮"都百度了一遍："我想象着他们／又肯定在人群里认不出／他们／袁玮们和我／之间并不会有／亲切感／在这个世上／所有袁玮都很远……"。究竟哪一个"袁玮"才是诗人袁玮？袁玮们的命运散落在相互迥异的处境和角落里，当诗人袁玮在百度他们的时候，他们会不会也在百度她？从这个角度来看，一个人的生活其实是一群人在共享荣辱和悲欢，而所谓的特立独行，不过是，在认清了这样一种处境之后的抽丝剥茧，和化蛹成蝶。所以，袁玮说："一个袁玮和一次／出生活不完／命运的／奇异安排"，她需要在反复的重生中获得镶嵌在"袁玮"这个符号下面的全部内容。当我们明白了诗人袁玮的这一雄心之后，就能明白她为什么要把自己的ID取名为"一大群袁玮"了。

与许多写作者不同，袁玮的诗是通过彻底摈弃诗意之后才获得的，她的短句子、人为错乱的分行，酷似被削去了枝叶的一根根树枝，杵在我们的视野里，刺激着我们的感官神经。生硬，突兀，一意孤行的美学指向，让袁玮的语言直接赤裸地呈示着她的精神世界，因此我们在阅读她时，无需借助已知的任何诗学理论，就能读到她的叛逆，悲伤，坚强或无助，而她居然也就这样无遮无掩着，如同一把刀子根本不屑于藏在刀鞘中，哪怕刀刃上沾满了斑斑血迹。这样的写作是需要勇气的，相较于那些习惯于躲在"诗意"的背后窃窃私语的写作者，袁玮的力量立等毕现："老朋友/我现在就/靠在你床头/握着指南针并在/漫游费里/迷了路/老朋友/你的被子/很暖和/你的妻子/就像你"（《朋友，你走到了南方一个人吗》）。袁玮的写作迫使我们面对这样一个问题：一首诗的力量与我们从诗歌中获取的力量究竟是不是同一回事？在仔细阅读了她大量的作品之后，我发现，诗人趋向真实的努力才是一首诗的力量源泉，而读者从这首诗中所感受到的力量其实是另外一回事。于是，在面对一首诗的时候，写作者与阅读者之间的冲突在所难免。袁玮果敢地站在了求真的立场上，她的不妥协正是她写作的全部价值和意义所在。

有一首能充分体现袁玮创作特点的诗歌，题为《爱人展览》，在这首风格凌厉的诗里，恣意的青春与对爱的深深的渴望彼此交织，热情与冷酷并置，在看似倔强的表象之下，其实隐藏了诗人内心深处氤氲弥漫的悲凉情绪。事实上，袁玮的许多作品都没有能够摆脱这种悲伤，尽管她时常嘲弄，揶揄，佯装出一副无所谓的模样，譬如，在这首《留言便签》里，压抑的近乎抽泣的声调，自始至终噬咬着读者的神经，读罢让人欲哭无泪："爱情仅仅是爱情/爱情有/它自己所需/完美的要求/尽管我们鄙视过/恋爱中的人/尽管垃圾堆里/堆着的/才是我们/盼望的……"。看穿世相之后的冷漠，往往是我们生活不幸的开始，然而，在袁玮的笔下，怅然和留恋依然占据着显目的位置，不然她不会在认定这些都是垃圾之后，继续这样写："一座高大的垃圾山/风从远处吹过来/头顶的蓝天离/建筑物都很远／这世上就／只有这些了／这才是／一座山／真真正正的／一座／大山／拾荒者一个一个埋着头／忘掉同路人"。

许多人在读过袁玮之后喜欢用"生猛"一词来形容她的写作，作为新一代年轻诗人，她的叛逆不仅仅体现在写作上，她的作品为我们提供了一扇观察和进入另一类生活的门窗，让我们看到了正在改变或业已变化的另外一个世界，这个世界如袁玮诗中所描述的那样："起因空虚／叠加数层的空虚／弥补空虚"（《光波海河》）。我想起年少时也曾迷恋过满天繁星，当我年事已高再望星空时，才发现："最深的地方依旧漆黑／没有一颗星星能安慰另外一颗"（拙作《最深的夜》）。而占星师袁玮则全然不顾不理这些，她一脸坏笑地写道："此刻我正坐在丘陵环绕的家里／窗前／电脑边／演算你前妻的星盘"（《格陵兰》）。

附：袁玮诗选

袁玮，诗人、占星师、视觉设计策划。1985年春生于北京，2012年定居杭州。出版诗集《吐纳》《爱人展览》《占星笔记——2015年水星逆行》等。

爱人展览

找一个
爱人
见一面
做一次爱

找到一个

爱人
可以多爱
一阵子
有时间
彻底分手
再做朋友

一场诀别
揭伤疤或
改变点什么
一次爱人展览
隔离、失控、滥交
手足无措、
精神恍惚、想
死的心都有
一次次光顾
展览

找一个爱人
如果能找
就再找一个
必须找一个
你睡着进入
彻底死亡
身体僵直

爱一个可以

一起终老的

爱人

要么就

一直找

下一个

一直都是错的，可

别怕操错

朋友，你走到了南方一个人吗

老规矩

出门要

打招呼

老规矩

回来后

我们要做爱

好多年

老朋友

现在

这些

都变了

你和我说

可以去你家

陪陪你

发胖的
妻子
就当替你
看住她

我愿意
替你陪着她
亲吻她
替你睡在
你床上
像我们的
老规矩

老朋友
我现在就
靠在你床头
握着指南针
并在
漫游费里
迷了路
老朋友
你的被子
很暖和
你的妻子
就像你

留言便签

亲爱的爱人
我走了
我为两年前
对你的
勾引
而道歉
为不辞而别
道歉
和你
生活在山上
我们还
睡过了
宾馆里
好多床

亲爱的爱人
所有的欢乐
在此刻
已不足挂齿
它们
和那些白床单
加起来也不够
换你
所需的

自由和
好东西的
想象
路老是越走
越现实

我算是
三生有幸
和梦中人
睡过了
相爱
深深的
可能是
最深的

爱人
我遗憾
我们没
生我们的
女儿
别人的我也
不想生
而爱人
留这张便签
给你
连就此分别

也是

你我要

感恩的

幸运

爱情仅仅是爱情

爱情有

它自己所需

完美的要求

尽管我们鄙视过

恋爱中的人

尽管垃圾堆里

堆着的

才是我们

盼望的

——

一座高大的垃圾山

风从远处吹过来

头顶的蓝天离

建筑物都很远

这世上就

只有这些了

这才是

一座山

真真正正的

一座

大山
拾荒者一个一个埋着头
忘掉同路人

光波海河

起因空虚
叠加数层的空虚
弥补空虚

我的那种感受
就从脚后跟升起

树林茂密的雨季
闲着也是闲着

我是在跨过海河时
感受到狭窄
而现在车厢运载
从海河折射进来的夕阳

光波微妙颤了一下
不足一秒的十分之一

胡翠南：我不知道风在往哪里吹

我们对诗歌的评判经常会在两个向度之间游弋：一是写得好的诗人，一是很重要的诗人。前者往往低调，沉潜，只依托文本呈现；而后者除了文本之外，还具有醒目、尖锐的诗学倾向性。在当代诗坛，前一类诗人数量众多，也因此容易被忽视。作为编辑，我们经常要在这两个向度之间寻找平衡，既不能埋汰那些写得好的诗人，又不能因为个人的好恶和审美趣味将那些个性鲜明的诗人置之不理。在我个人的判断中，胡翠南应该属于前者，平和，内敛，自省。尽管她也是从新世纪之初的网络上成长起来的那一代诗人之一，但丝毫没有"网络写手"惯有的戾气和焦躁。我认识她的时候，她还叫"南方狐"，后来去掉"狐"，变成了"南方"；再后来，她回到了自己的真姓实名：胡翠南。对于写作者来讲，这似乎是一个正本清源的过程——与其云遮雾罩，不如素面朝天。

这些年来，《汉诗》尽管不断推出过各种新鲜面孔，但实际上仍有一个潜在的作者队伍，这支队伍由我前文提到过的那些"写得好"的诗人组成，我们总是乐于在第一时间用充足的版面推出他们的新作。胡翠南就是这其中的一员。当我决定写一篇关于她的文章时，我调出了存留在电脑里的数十卷《汉诗》电子版，逐一搜读她的诗，最后，将目光停留在了《花》这首短诗上："大雨在伞的外面 / 形成栅栏 / 一大片移动的栅栏 / 雨水 / 在屋角和地面/在脚背上开出花来/我在栅栏里走动/走到哪里，花就开到哪里/现在我来到父亲长眠的地方/为他带来了一个花篮"。这是一首描写亲情的作品，视角独特，语调舒缓，极能体现胡翠南的整体写作面貌。南方的潮湿与作者隐忍的内心相互交融，凄清又明丽，不失为一首浑然天成的优秀作品。胡翠南的许多诗歌都采用了这样一种语调和视角，似乎从不刻意为之，但总能水到渠成。她善于在诗歌里营造氤氲的、相对封闭的氛围，在且行且止中淡淡地抒发心境，譬如《紫竹林寺》《黄昏登仙岳山》等，最典型的当属这首《一个人渐行渐远》："喜欢一个人来到湖边/雨后的小路潮湿，早已洗尽前人足迹/想起曾经有另外一个人/他对我说起孤单的意义/说起有一种鸟，只有死去才会从天空落到大地/湖水涨高/成群的鲤鱼又潜回幽暗的湖底/每一片涟漪都有着相似的身份与秘密……"。一边是往前走，一边是往后退，诗人的步伐和思绪在反向而行的过程中相互拽扯，从而形成了显明的诗意张力。

胡翠南在创作这类作品的时候，总是将自己拘囿于孑然独行的状态中，以此保证思维的清醒，所以，阅读她的诗，你很少会感到不安，因为她提供给我们的思想维度不会因旁逸斜出而发生紊乱。在我看来，这既是她写作上的优点，也是她的局限：她让自己的诗处在了相对封闭的空间里，固然清晰，也失之单一。

而我更喜欢前不久由我编发在《长江文艺》上的她那首短诗：《回答》。这首直抒胸臆的作品一改胡翠南前期的写作基调，以一种果决的口吻来直陈她对眼前人世的忧惧，以"我不忍心"起笔，通过对"鸡鸭的眼睛""牛羊的眼睛""鱼眼"和"人的眼睛"的描述，表达了一个日臻成熟的诗人对生活和生命的决绝态度。从前的闲适、优雅和伤感不见了，取而代之的是绵绵的慈航。除了这首诗外，同期创作的《命运》和《我不知道风往哪里吹》也属上乘之作。这批作品让我看到了一个好诗人在"写得好"的同时，对惯性写作怀有的警惕，她不再担心语调的变化可能给读者带来的不适,她更需要用这样的变化来适度地介入世事人心。至少,我从这样的变化中看到了诗人的可能性。

"这一生是否清白已无所谓/想起他人对我的忍耐/默默流下的泪水"(《生日书》)。对于一个有力量的诗人来讲,"无所谓"其实是一个必须迈过的阶段,而胡翠南看来已经迈过去了。我想起十多年前在武汉和她见面的情景,那时候她还是一个羞涩的女子,坐在熙攘的人群中,默默地啜饮着面前的饮品。街灯闪烁,头顶上是香樟树,树冠上方居然还有星星,和星星。

附:胡翠南的诗

胡翠南,曾用笔名南方,南方狐。写诗多年,2004年出版个人诗集《重蹈覆辙》,曾获2009年度张坚诗歌奖暨年度诗人奖。现居厦门。

花

大雨在伞的外面
形成栅栏
一大片移动的栅栏
雨水
在屋角和地面
在脚背上开出花来
我在栅栏里走动
走到哪里,花就开到哪里
现在我来到父亲长眠的地方
为他带来了一个花篮

一个人渐行渐远

喜欢一个人来到湖边

雨后的小路潮湿,早已洗尽前人足迹

想起曾经有另外一个人

他对我说起孤单的意义

说起有一种鸟,只有死去才会从天空落到大地

湖水涨高

成群的鲤鱼又潜回幽暗的湖底

每一片涟漪都有着相似的身份与秘密

整座湖细腻而真实

波浪形的美

对应比之更为深邃而广阔的天空

只有沉默

配得上悲欣交集

即使飞得再高,鸟儿也只能暂栖一枝

如同那个渐行渐远的人

因为热爱这个世界

而宽恕了自己

两端之间

暴雨如约而至

我迷恋其中深深的窒息感

就是想喊也喊不出来

雨在外面猛烈敲打
仿佛天快要亮了
亡灵从四面八方赶来
脚下的水花破碎，旋转
改变着记忆的重量

我认出一个个投胎者
从水花中溢出
尘土浮于悲苦两端

命运

老父亲扛着锄头走在附近的山头
他默不作声，雨水打湿他的头发
他静静走，雨水继续打湿他的衣裳

老父亲挖回一袋子石笋
石笋默不作声，山上也没听到什么回响
没有轰隆隆，只有溪水滑下岩石的尖叫

老父亲搁下锄头，用力拍打鞋底的泥巴
泥巴也默不作声，他走进院子，洗洗双手
听到厨房里，干燥的木柴因为疼痛而哭泣

我不知道风在往哪里吹

我不认识地里的庄稼

不认识田头的杂草

我也不知道风,在往哪里吹

不知道乡间公路,在哪个弯道拐向另外一个乡野

不知道夜里哪个娃儿闹

哪个姑娘未嫁先愁,哭累双眼

不知道棺木鲜红,耐心等着谁

我听到燕子来回,在屋外叫一声

檐下复几声

我看见不知名的老牛被捆在树桩,流着眼泪

回答

我已经不忍心再看鸡鸭的眼睛,牛羊的眼睛

它们还在劳作,还在交配,还需要生下孩子来轮回

我不敢再看鱼眼中透明的平静与饱蘸的慈悲

离开水时,它只能张开无声的嘴巴,身体在空气中摔打

我不敢再看人的眼睛,两池死水,一片浑浊与茫然

再没有什么能吹拂,再没有什么能安慰

黑光：铅笔虽长，也有写短的时候

　　黑光是一个以命抵诗的人，也是一个向命运索要诗歌的人。这话听起来有些耳熟，似乎每个诗人都在这样干，或者说，都在要求自己这样干，但只有真正置身于厄运之中的人才能明白它所蕴含的孤绝力量。据他的好友诗人余怒讲，这些年来，黑光一直被某种重疾困扰侵蚀着，独自体味着生命的贵重和生活的艰难。作为"不解"诗群的重要一员，黑光的写作在承继了"不解"所推崇的诗歌的"纯粹性"同时，又因其独特的生命意识而独树一帜。在黑光的作品里，生命虽如黑洞，不停地吸附着我们的精气神，但依然有光亮从黑洞里发出召唤，所以，他的诗不是以怨怼而是以礼赞的形式出现的，是对生活纯良的奖赏，而只有当生活的诉求被一再降低以后，人之为人的意义和初心才会被凸显出来。"我感激我的存在／和一切的生命体／花开落叶／悲与喜／流动与静默／不断锻造我"（《病居梧桐山有感》）。平静的语调，喃喃自语般的声腔，传递出一个沧桑旅人从道路尽头归来后的复杂感受，悲与喜已经不再重要，重要的是被这些悲喜铸造过后的那个人。

　　我还记得两年多前初次读到黑光的那首《人生虽长》时的惊诧和讶异，那是一首诗歌在超越了好坏之后所体现出来的力量，真实的悲哀与真实的狂喜，交织在这样一首不足二十行的小诗中："铅笔虽长，有写短的时候

/人生虽长，有只剩最后一天的时候／一切都是瞬时／清风啊，明月／城市啊，灯火／虽然有许多疾病，但我爱／有许多刀尖抵着背，然我忍耐……",直抒胸臆的笔法，坦荡磊落的语言，直抵个人的生存境况。这首诗打动我的是在急促的语势转换中所抵达的澄澈，如白练在嶙峋的岩石间奔矣，在扑进池潭的刹那间所发出的欢愉和狂喜："多空啊，多亮啊／我要多一百只眼睛多好啊／多欢啊，多悦啊／我要多一千个手臂多好啊"，诗人用一种孩童般纯净的嗓音赞美着眼前的现实，一连发出了六个"啊"，仿佛"非如此不可"不足以消弭人世的愁闷与疾苦。

　　黑光的大部分作品都直接指涉到了自身的疾病，作为一个被疾病培育塑造出来的诗人，他从来不避讳肉身的困苦，但也从不因为困厄而放弃对生活的点点滴滴的珍爱，哪怕这种爱是如此突兀，无缘无故。在一首题为《蛆虫的一生》的诗里，黑光写道："蛆虫的一生，我的一天／我这从臭屎堆里爬过的人／格外珍惜小巷里飘来的厨烟"。一方面，豁达的人生态度成就了他诗歌里的通透语言，另一方面也让他的作品具备了强烈的感染力。每次阅读黑光的诗，我都会在脑海里浮现出这样一位诗人的情貌：清癯，明目，如炊烟袅绕林梢，亦如溪流越过覆满苔藓的卵石。"大叶子树，细叶子树／极大叶子树，无叶树／我不用思考地望着它们／仅仅望着，已很舒服／仅仅路过，已很悦乐／／你的想法是你的／无关乎它们／你用概念切割我／也不关乎我"（《大叶子树》）。只有彻底看穿了生命真相的人才会有机会见证语言丛林背后所伫立的真实，我相信，黑光已经从自身的处境中窥见了语言所蕴含的复杂玄机，因此，他能够毫不费力说出人生的许多真相，譬如，他说："我知大树脚下有蚂蚁／拖动虫尸／千年一景／／也知有人／做狼嚎鬼哭／因于人间屋宇／／空中大云／地上大风／但明我金刚之心"（《生而为人》）；譬如，他还说："今天的鸽子落在今天的屋顶／我们打一场没有球台的乒乓球／没有裁判，没有天气／没有枯枝／我们漫步／身后有人无端追来／扛着一张球台"（《四月的一次漫步》）。

在我看来，他的很多诗都与"写"这个动作没有什么关联，不过是人行世间，有所感触而已。但这样的感触每一次都显示出了惊心动魄的力量，究其原因，不过是诗人已经从纷扰的人世退回到了纯粹的个人心境，而所谓禅意也不过是由这种心境中生发来霞光或霓虹。

我曾在一篇文章里这样推测过：人类的第一句话一定是诗，因为惟有诗，才能传达出这个物种初见奇异世界时的复杂而饱满的情感，那是一种哑口无言，欲言又止，最终喋喋不休的强烈的表达欲。如果这种推测成立，那么，黑光现在就是近距离聆听过"人类的第一句话"的人之一，他如此专注地侧耳倾听着造物主的一举一动，然后尽可能忠实地记录了下来，为我们保留了诗歌原有的音色。

"愿活着，愿放松／遍地野草，无挂无牵"。这是黑光在《自身》中发出的单纯的愿景，也是我们每一个人对他的祝愿，对自身的冀盼。

附：黑光诗选

黑光，又名黑光无色，本名程新桥、程艳中，1971年生于安徽怀宁。1995年开始现代诗创作。著有诗集《有情众生》《人生虽长》。信仰佛教。

人生虽长

铅笔虽长，有写短的时候

人生虽长，有只剩最后一天的时候

一切都是瞬时

清风啊，明月

城市啊，灯火

虽然有许多疾病，但我爱

有许多刀尖抵着背,然我忍耐
我从淤泥里抬起头来
撑开大大的绿叶
大大的花朵
我无所顾忌了啊

多空啊,多亮啊
我要多一百只眼睛多好啊
多欢啊,多悦啊
我要多一千个手臂多好啊

生命之美

生命之美,不外乎眼前之榕树
不外乎榕树下盘腿而坐的我
我周边的青草泥土和落叶
都没有愿望
都满足于此时

病居梧桐山有感

临水观山,山清晰如婴儿
观我自己,不如山之静谧
我悲这人的世间,从不平静
而我自己,内心又何曾安息

自然而然

花儿开了

自然而然

泉水流了

自然而然

我就病了

我歇在这多树的山脚

一个轻度城市化的乡村里

周围没有熟人

少交游

少污染

多孤独

多自我洁净

我感激我的存在

和一切的生命体

花开落叶

悲与喜

流动与静默

不断锻造我

自身

自身有碍，有爱，有泪边笑

有椰风拂，蒿月照

云心，尘心，层层
更是灯心

命里百虫嗜血
百虫建塔

你见我面冷如铁时
岂知我核子能量聚

愿活着，愿放松
遍地野草，无挂无牵

大叶子树

大叶子树，细叶子树
极大叶子树，无叶树
我不用思考地望着它们
仅仅望着，已很舒服
仅仅路过，已很悦乐

你的想法是你的
无关乎它们
你用概念切割我
也不关乎我

歌

风从树叶
获得风声
刀锋从血
觅到刀感
我这一生
守着一具
洁白骷髅

乐活

夏雨带来凉爽
烦心顿去
雨后荷叶，水中游鱼
不厌喧嚣世间之喧嚣
独享自个之乐活
木瓜树结木瓜
椰子树结椰果

玉上烟：我相信翅膀一定划破了空气

我留意颜梅玖的写作是从几年前她那批"之诗"系列（《婚姻之诗》《乳房之诗》《子宫之诗》《阴道之诗》等）开始的。在此之前，我知道有一个以"玉上烟"之名活跃在网路上的诗人，但没有想到她们是同一位诗人。事实上，那时候的"玉上烟"已经写出了包括《哥哥》《与父书》《那个年代》和《父亲的遗物》等一批感情真挚，语言灵动的作品，在身边拥有大量的拥趸，但"颜梅玖"的出现还是着实让我眼前一亮。现在仔细想来，或许是因为当编辑时间长了的缘故，总希望能找到作者身上"不一样"的地方：不一样的语气、节奏、音色，不一样的进入诗歌的方式，不一样的姿态……所以说，编辑工作是一把双刃剑，既可以发现作者，发掘作者的潜力，又可能误导作者，扼杀他人的天赋。最好的办法是，编者与作者形同陌人，他摘他的果，我栽我的树，形成一种完全对等甚至对峙的关系。譬如，当"玉上烟"长成了"颜梅玖"时，恰好我路过新浪微博上的那组"之诗"，驻足观望了一会儿，留言说：我喜欢，给《汉诗》吧。

"这令人晕眩的世界里，一定蹲伏着一个悲哀的母兽？/是的，她一定也有过波浪一样的快感，/有过阵痛、死亡的挣扎和时代之外的呼喊。/她分娩了这个世界但又无法自己处理掉多余的渣滓。"这是从《子宫之诗》里生发出来的深深的嗟叹和怅然。和许多当代女性诗人不同，颜梅玖在写作这个系列时，采取的并非她们惯用的宣泄调，而是克制冷峻的叙述语调，在陈述中完成了对枝蔓丛生的诗意的归拢。在她的笔下，"乳房""子宫""阴道"已经不再归属于哪一个生命个体，而成了一种社会器官，或者说，是我们窥视这个社会某个群落的一盏探头灯，张玲、高慧芳、刘秀丽们在这座幽深的洞穴里来回扭捏晃动，在剥去伪饰之后显现出了各种病灶：疾苦，孤独，疲倦，空虚，嫉妒……以及，自怨自艾："我们总是，总是／试图打开锁孔：／想象、偷窥、战栗、满溢欢乐／总是试图进入，在爱或不爱之后／总是饥饿／总是想躺在这完美的乐土里，做梦／而她没有"（《阴道之诗》）。在我看来，诗人真正想书写的并不是女性的觉悟，也没有所谓的"性别抗争意识"，而是企图呈示和澄清这样一种隐蔽的生活状态，它也不是生活的底层，而是身体的底层，是身体被生活消磨和践踏之后被抛掷在混乱世道上的欲望与挣扎。

叙事性可能是颜梅玖诗歌写作最重要的特征之一，她几乎所有的诗歌都是在讲述某件事情，至多是一件事情出现之后引发出来的另外一件事情，就像树枝分叉，蓬松蓬勃，又因为同样的树叶而被归类为一种。因此，在阅读她的时候，我时常想，这家伙不写小说可惜了。譬如，她这样写《读茨维塔耶娃》："她拿出了自己亲手编织的绳套。她看了一眼乌云下的叶拉布加镇／'我可以动用祖国给我的唯一权利'。她想／／她把脖子伸进了绳套。卡马河依然平静地流淌／而俄罗斯整个儿滑进了她的阴影里"。熟悉这些年来女性诗歌史的人都明白，这种创作手法已经与她的前辈诗人写作这类作品的手法大相径庭了。在抒情性被大大减弱之后，叙述的口吻就成了成就一首诗极其关键的环节，颜梅玖的口吻是平静的，尽管偶尔也有激越铿锵的一面，但大多时候她都保持着一种不卑不亢的叙述语调和态度，耐心而克制地"说话"："我独自在一条小路上散步／不知它尽头伸向哪里／也不见有人经过／小路两旁是苍老的银杏树／刚下过雨，鹅黄的叶子／结满了颤动的水珠／它们簌簌飘落／这里，再厚的落叶也无人打扫／我久久地凝望着清冷的天空/孤零零的远山"(《小路》)。这是典型的"颜梅玖似"的语气,不急不徐,轻松和缓,在看似平静的语调背后,隐隐的不安慢慢上涌,从而使这首诗后面埋伏的主题得以顺理成章地凸显,不着痕迹,自然而熨帖。

"我孤僻,任性,独来独往。我有不可告人的秘密,我守口如瓶",在一首题为《活着》的诗歌里,颜梅玖这样自述道。而在这貌似桀骜不驯的自述背后,真实的颜梅玖过着审慎而精致的生活,常以一颗感恩之心吸纳和消化着日常生活的细枝末节,这才是让她在人影幢幢的人世间始终保留了一张清晰面容的原因。

附:颜梅玖诗选

颜梅玖,笔名玉上烟。上世纪七十年代生于辽宁大连,现暂居宁波,供职于宁波《未来作家》。著有诗集《玉上烟诗选》和《大海一再后退》。曾获人民文学年度诗歌奖等。

读茨维塔耶娃

她拿出了自己亲手编织的绳套。她看了一眼乌云下的叶拉布加镇
"我可以动用祖国给我的唯一权利。"她想

她把脖子伸进了绳套。卡马河依然平静地流淌
而俄罗斯整个儿滑进了她的阴影里

杨梅

"啪"地掉落下来

一个接一个

它们用低沉的声音应答闯祸的风

我站立了一会儿

散落树下的杨梅,越来越多

紫红色的,红色的,青色的

还有几天前的,已经烂掉

四月,这棵高大的杨梅树

开出了细小的紫红色的花

五月,慢慢结出青绿的果子

六月,它们长得很大

红得似乎很快可以入口

然而五年了,从来没有一颗果实

能留在树上。梅雨前

它们还未成熟,就随着风

一颗一颗掉落在地

连麻雀也没有享用过

自生自灭的事物

自然无涉悲喜

只是在宇宙里,地球上

一个偏僻的角落

为什么总是我在留意这棵树

这平静的冥冥之中

究竟蕴含了什么

而且,我感到我片刻的凝神静听
也被什么凝视着

小路

我独自在一条小路上散步
不知它尽头伸向哪里
也不见有人经过
小路两旁是苍老的银杏树
刚下过雨,鹅黄的叶子
结满了颤动的水珠
它们簌簌飘落
这里,再厚的落叶也无人打扫
我久久地凝望着清冷的天空
孤零零的远山

前方几十米处是一个幽暗的水塘
不时传来鸟鸣声
当我慢慢走近
池塘左侧,出现了一个墓碑
我小心翼翼地蹲下身来
上面的字已经模糊不清

我徘徊着,全身突然起了凉意
"通往墓地的路是最安静的
你要吸取教训"

"大喜鹊与乌鸦在墓地争鸣
难不成那些鸟儿真的与死魂灵有牵连?"

两位朋友的对话突然让我意识到
小路的一切都不过是幻觉
所有的,仿佛并不曾存在,包括我
也像离开了人世很久的人

秩序

楼前的空地上,一群鸟儿反复转圈
它们保持着整齐的队形,仿佛在举行一个仪式

黑色翅膀,在空气中划了一个又一个圆圈
这些圆圈像钟表

时针可能指向下午任意一个时间
我想起内瓦尔那句:"十三点到了,这还是一点钟"

我相信翅膀一定划破了空气
时间在走动,但空气又迅速恢复了常态

当鸟群散开,一定还有什么留在原地:
像这首诗。那几乎是可以触摸得到的

子宫之诗

终于结束了。

我的左脚还没穿上鞋子。右脚旁

是一只大号的垃圾桶。现在

我的小腹疼痛难忍,准确地说,

是子宫。它像水果一样,潜伏着危险,容易坏掉。

我站起来,

我感觉晕眩。

我听见医生正在喊下一个病人:

67号……

一个少女走进来了:

稻草一样的头发。苍白的脸。

"躺床上,脱掉一条裤腿……"

我慢慢走出去。

大街上的人可真多啊。

一群民工潮水般涌向火车站;

卖楼处,一个男人对着另一个男人挥动着拳头;

一个漂亮的女人,站在洋餐店前,边用纸巾擦眼睛边打电话;

菜市场旁,小贩在哄抢刚下船的海鲜;

一个疯子冲着人群舞动着一面旗子;

几个从饭店出来的人摇摇晃晃沿着河边又喊又唱……

这是乱糟糟的星期一。

油脂厂的烟囱带着浓烈的黑烟捅进雾蒙蒙的空气中。

哦,你过去怎么说?

这令人晕眩的世界里,一定蹲伏着一个悲哀的母兽?

是的,她一定也有过波浪一样的快感,
有过阵痛、死亡的挣扎和时代之外的呼喊。
她分娩了这个世界但又无法自己处理掉多余的渣滓。
我在路边坐下来。对面
建了一半的地铁,像一条黑暗的产道,停在那里快两年了。
"没有列车通过,它的内心一定松弛了。"我想。
甚至,一些风也绕过它的虚空。就像
也绕过我们。

大海一再后退

天愈发寒冷。太阳似乎
也收敛了光芒。深蓝色的外套已经褪色
我仍然喜欢。这符合我陈旧的审美观。
就像那片大海,这么多年,尽管
屈从惯性的撤退,我还是获得了一座岛屿的重量
和缓慢到来的光滑。那片年轻的海
潮涌过,咆哮过,欢腾过,虚张声势过。
曾经的坚持如同宗教。
生活终归被一些小念头弄坏了。泡沫后
万物归于沉寂。并被定义为
荒谬的,倾斜的,不确定的,有限的
人至中年,我爱上了这种结局。
有谁知道呢,言辞中多出的虚无的大海
让我拥有永久的空旷

舒丹丹：巨大的美和安详将你俘获

舒丹丹是一位优秀的翻译家，同时也是一位同样优秀的诗人。这样的定位在新诗百年即将到来之际，颇有意味。一百年来，"翻译体"对中国新诗的影响究竟有多大，业内自有论述，我感兴趣的是，译者在两种（甚至多种）语言之间来回穿梭的过程中所秉持的原则，因为他/她的原则最终会影响读者的判断，左右读者对被译者的兴趣。这些年来，我完整地阅读过舒丹丹的三个译本：《别处的意义》《我们所有人》和《高窗》，并为《我们所有人——雷蒙德·卡佛诗全集》写过一篇题为《所有的诗都是情诗》的荐读文章。在我的认知中，舒丹丹的写作风格并不与卡佛吻合，也与拉金差别很大，但她的译本却能准确地传递出他们的诗歌神韵。这样的认知部分修订了我以前对译者的普遍看法，也就是说，在我们的语言系统里可能真的存在某种差异性的吸引力，即，译者也能翻译与其自身气质有冲突有违和的作品，也许正是因为这种差异性的存在，才能更加真实客观的再现被译者的作品风貌。当然，这样的事只能发生在真正优秀的翻译家身上：为了忠实他人，首先他/她必须忠实于自我，而这样的品质最终会成就他/她的写作。

"我们在众目睽睽下/交换丰富的眼神，那一瞬有如神迹，/充满信任和交会，不可言说。"这是舒丹丹在《平衡》里所描述的一幕，蜻蜓的复眼在骨溜溜的转动中打探着沿花径走过来的诗人，从相互对视到彼此欣赏，和解的力量得到了充分彰显。"平衡术"在这首诗里已经不再一种摄影技术，而扩展为诗人与世界之间相互掂量的秤砣，执着于一端是妄念，执着于另外一端也是妄念。如何保持匀称，并从中发掘出人与自然之间和谐共振的频率，才是诗人要努力完成的工作。纵观舒丹丹这些年的写作，和解、信任与怜惜，一直贯穿始终。这种根植于日常生活里的情感丰富而饱满地凸显着诗人对这个世界理解："一切都是馈赠。/仿佛听从一种神秘的自然教义，/巨大的美与安详将你俘获，/令你噤声、失忆——/没有痛苦值得想起，也没有夙愿/需要许下。"（《与海浪鸥鸟共度一个下午》），一切自然物象在舒丹丹的笔下都能获得拯救，被赋予了别样的存在价值和意义。

如果从写作谱系上来看，我觉得舒丹丹的诗更接近于弗罗斯特，她总能在轻描淡写中让我们感受到宁静带来的力量，而事实上，这种力量源于写作者内心的漩涡和风暴，它们在那里生成，传递到我们眼前却蜕变成了和风细雨，就像她在《雨后》中呈现出来的那番景象："这里和从前一样/画眉在深园里唱歌，嗓音潮湿/蜗牛专注地爬着它的坡//整个下午，园子里只我一个/但分明另有一人，坐在我对面/与我说着话，同看山樱树/肥美的浓荫"。"另一个人"是谁？在舒丹丹的很多诗歌中都存在着类似的口吻，譬如在《庭院》里，她写道："我深陷在樟树的浓荫里/与一个看不见的声音独语、对白"。而在《神农山，或朝圣之旅》中，她更进一步说明："一个我，回望另一个我，/多么弱小，眼前这一脚，是踏进窄门，还是/遁入空门，似乎已不是信仰问题。"其实这里面蕴含着解读舒丹丹写作的另外一把钥匙：她的诗不仅仅是她打探世界的触须，更是她对自我的发现或启发。因此，对眼中所见事物的描摹只是一种表象，诗人更看重的是隐匿在表象之后的思辨的力量。

独处，思考，甄别，舒丹丹由此将自己从嘈杂的世界中抽离出来，给单调的人生赋予了经得起反复重复，也经得起反复挖掘的意味。这意味弥漫在她的日常生活里，通过她的嗅觉、味觉和听觉清晰地呈示出来，使逼仄的人生空间充满了无限的拓展可能性："这逼仄的空间里已无悬念，/该完成的已经完成，进行中的正在进行，/生活的秩序正展现它清晰的面容。/她会在这厨房里，老成祖母一样的祖母。"（《秩序与悬念》）同样是写生活，但舒丹丹的高明之处就在于，她把生活当成了我们慌乱日常的镇定剂，并从中领受到了时光源源不断的馈赠。我从来不觉得"日常生活"是一种写作素材，它太庞杂太混沌，超越了我们所有单个作品的容量。但"日常性"却能构成我们对写作各种期待，前提是，写作者必须有一再清空自我的能力，在静和虚中吸纳生活的给予。舒丹丹显然悟到其中的奥妙，所以，她的诗犹如吸盘一般卷走了生活里的旮旯角落，在一片混沌过后带来一片澄澈。

我曾在一篇短文中提到，在这样一个众生喧哗（"连楼房都在尖叫"）的时代，如何轻言细语地说话，已经成为一门学问。舒丹丹的写作无疑为我们提供了一个样板，她的诗总是轻声细语的，而她的声音总是温润入耳的，不是没有雄辩，而是将雄辩之音置放到了自己的胸腔里面，她的作品乍看上去并不能具有强大的征服力，然而，当我们安静下来，仔细阅读时，就能听见其中蕴含的惊雷，而这雷声貌似遥远，却预示着四季的更迭，以及风向的转换："万物都沿着各自的生命经纬/在奔跑，像世界的初始和终极/像尘世隐藏了悲喜和纷扰/只有时间站在局外，如神手持权杖/俯望并接纳一切"（《夏日牧场》）。

舒丹丹诗选

舒丹丹，上世纪七十年代生于湖南常德。毕业于华中师范大学英语系，现任广州高校英语副教授。著有诗集《蜻蜓来访》等，出版译诗集《别处的意义——欧美当代诗人十二家》《我们所有人——雷蒙德·卡佛诗全集》《诗歌EMS周刊：（爱尔兰）保罗·穆顿诗选》《高窗——菲利普·拉金诗集》。曾获 2013 年度"澄迈·诗探索奖"翻译奖、第四届后天翻译奖、第二届淬剑诗歌奖、第二届金迪诗歌奖"十佳诗人奖"、2016 年度"第一朗读者"最佳诗人奖。2016 年 5 月受邀参加第三届罗马尼亚雅西国际诗歌节，获雅西市政府颁发的"诗歌大使"称号。

这一派清波也是我的源头
——在边城遥念沈从文先生

在沅水，跟随一条小船
转柳林岔，泊鸭窠围
看尽那一点寂寞的山水和林梢
就到了叫作常德的码头

这一派清波也是我的源头
我也曾站在这样的甲板和渡口
看艄公在暮烟里拉篷，摇橹
无穷无尽地往来于此岸和彼岸

是什么时候，橹歌已消失
河底的流沙改变了它们的航道
那长着黑翅膀的鬼脸蜻蜓
早已飞入没心没肺的水草

唯两岸的吊脚楼仍守望着河水
庄严地忠实于它们的"分定"
唯烈而痴的血性与爱恨，仍一点就着

如渔火，在这条河上流淌

从你的脚印和文字里看见的预示
已在时间身上一一印证
生命的困境一如你的年代，总是在
美善与不能诉说的悲苦之间

在渡口，无论我的眼睛
湿成什么样子，都唤不回那条渡船
我把手伸进水中，在秋天
沱江的水仍是温热的

夏日牧场

正是午后时分，远山沉静
背阳的一面，山气酝酿着幽深的蓝
天空收留了云朵的流浪
丝柏树像从泥土中喷涌而出
把它浓郁的生长泼向空中
这是蓬勃的夏日
青草气息浓烈，两匹马
低头咀嚼，或交耳亲吻
以它们温柔的爱喂养这片心灵牧场
云朵之下，没有孤独的人或破碎的梦
万物都沿着各自的生命经纬
在奔跑，像世界的初始和终极

像尘世隐藏了悲喜和纷扰
只有时间站在局外,如神手持权杖
俯望并接纳一切

炉火和雪花

我喜欢炉火旁我们轻柔而漫长的交谈
你说出的每个词语都带着温度
和弯曲的弧线
火光捕捉着你的脸
我清楚地记得你的表情
像是身陷梦中,或一种深沉的幻觉

冬天已经过去,雪花依然不期而至
仿佛为了完成一种未竟的确认:
在自我的融化中,有些东西得以显现
我不忍告诉你,我更早地明了命运的难处
在秩序和内心之间,无论摧毁或重建
都有无可指责的理由

现在,炉火的余温还足以烤熟一只红薯
香气里我们拨弄着火石,但并不是为了吃它

秩序与悬念

傍晚的厨房,让她想起祖母的厨房。

一样的夕光从窗口涌入,锅盆碗柜各有定局。

炉火生动,菠菜已洗净泥土。

她站在火炉前,等待一钵土豆慢慢成熟。

这逼仄的空间里已无悬念,

该完成的已经完成,进行中的正在进行,

生活的秩序正展现它清晰的面容。

她会在这厨房里,老成祖母一样的祖母。

她感谢这一钵土豆,给她短暂的出神,

让她像个局外人打量她措足的方寸——

杯盘洁净,瓜果安宁,它们在寂静里获得神圣。

她甚至感谢这时从窗口掠过的一只鸟,从最深的秋天飞来,

在密实的香气里,带给她一瞬间

振翅的幻觉与虚无。

秘方

白芷,白芨,白芍,

我确信,都是世间的好东西。

洁净,清心,活得小心翼翼,

零落成泥,磨成斋粉,

据说,能让美人脸上开出一朵白山茶。

我惊讶于另一种智慧:这秘方里还需加进

白僵蚕,白蒺藜,白藓皮——

一些更为粗粝、尖锐,甚至死亡的东西,

像温柔的凝视里

有将你的心硌得生疼的坚硬,

或薄雾的面纱下，嶙峋的真理。
它们同样与美发生光合反应，
生成微蹙的眉，隐秘的刺痛，
白茶花心中不可逼视的阴影。

未打扰的时光

推开院门就是棉花田。
起初，棉桃是沉甸甸的青色，
不知什么时候，棉田里飘出了白云。
午后，烟囱准时升起炊烟。
穿府绸褂子的外婆从菜园转到灶屋，
有时她站上井台，压动水泵的长柄，
把水从清凉的地底抽上来。
石榴树下，外公推着刨子，细细刨一块木头，
或者用墨斗，在木板上弹出一条黑线——
刨花轻轻落了一地。
而我站在篱笆下，为一朵打碗碗花纠结不休：
想摘，又怕被打破碗的花神诅咒。
那时候，空气很慢，
成长很慢，
外公外婆的衰老也慢。
我以为，小院里的光阴是睡着的，
永远不会被我们的忙碌打扰。

张二棍：把去年的棺木再漆一遍

张二棍是近两年才突然引人注目的诗人，用"横空出世"来形容他的出现也不为过。很多人向我推荐过他，后来我去网路上搜读了他的一些作品，着实有点惊讶。这位有着"异人"面相的年轻写作者也有着异于常人的天资禀赋，与其说他的诗充满了"悲悯"，不如说他更像一个老实巴交的石匠，一点一点的镌刻着他内心深处的那尊"石佛"，如同他在那首短小而隽永的诗歌《石匠》里所描述的那样："他祖传的手艺／无非是，把一尊佛／从石头中／救出来／给他磕头／也无非是，把一个人／囚进石头里／也给他磕头"。在"救"与"囚"之间，诗人已悄然完成了从人到佛的角色转换，但这种换位是建立在自身精湛的"手艺"基础之上的。所以，当我阅读张二棍的时候，丝毫没有感觉到时下盛行的那类主题先行的写作流弊，他的语言质地精良，经得住打磨，呈现出来的纹理既朴拙又现代，闪烁着睿智的光泽。我读过有关他的一些访谈，看得出来他的写作与他的生活是并行不悖的。和许多底层写作者一样，这位终年行走在户外山野之地的地质钻探工，也把写作主题集中在了"苦难叙事"上面，但我们从中读到的不仅仅是对苦难的展示和控诉，更多的是苦难背后人的承受力和忍耐力，以及那种近乎荒诞的原始的生命欲求。《哭丧人》就是这样一首典型的被抽空了悲喜之后遗世独立的好诗，这首诗用一种压抑的语调和声腔，向我们讲述了一个发生在我们身边的故事：训练有素、荡气回肠的职业哭丧人，抑扬顿挫的哭声，莫须有的悲伤……而事实上，当哭声响彻山野空谷时，某种难以名状的更大的悲伤如同乌云一般，正从远处朝我们滚来，无情地笼罩在我们头顶上，让我们的生活现场犹如坟场一般，阴森而凄清，再也没有什么能够驱散它。

随着微信等交流平台出现，近年来，许许多多冠以（被动或主动）"草根诗人"面目出现的诗歌充斥在我们的视野里，其中当然不乏锥心之作，但更多的诗带有显而易见的造作的痕迹，缺乏对人性欲望的深度发掘，更缺少基于两难困境之下的中国当代社会现场的开阔视野，只是一味偏执地攫取生活中的苦难片段，展示，或挞伐，这些诗除了能给读者带来片刻的廉价的感动外，并不能真正唤醒我们内心深处五味杂陈的情感。而张二棍用一种平实的口吻向我们呈示出了这个充满苦难的人世里的另外一番景象，在他的笔下，死去的人和活着的人同存于世，流年的悲伤无法遮掩短暂而渺小的欢乐，亲人们充满劳绩却形同枯槁，生生不息："在我的乡下，神仙们坐在穷人的／堂屋里，接受了粗茶淡饭。有年冬天／他们围在清冷的香案上，分食着几瓣烤红薯／而我小脚的祖母，不管他们是否乐意／就端来一盆清水，擦洗每一张瓷质的脸／然后，又为我揩净乌黑的唇角"（《在乡下，神是朴素的》）就是在这种人神混居的逼仄又昏暗的空间里，诗人用敏感的心灵细细体味着生活的艰辛和生命的不易。这样的写作者不会以放弃生活的真相为代价，来博取世俗意义上的幸福，他永怀敬畏，一如他在诗中所言："因为苍天在上／我愿埋首人间"（《六言》）。

在一首题为《穿墙术》的诗里，张二棍写道："你有没有见过一个孩子／摁着自己的头，往墙上磕"。读到这里，我停顿一下，回想着记忆中是否有过这样一幕，然后我发现很多人都是张二棍笔下的那个撞墙的孩子，很多女性都近似于那位面色苍白憔悴的母亲。在孩子、墙壁和母亲之间，疼痛不停地在寻找着它的宿主，"似乎疼痛，可以穿墙而过"，其实最终只有母亲千疮百孔的怀抱才能容纳和消化孩子的痛苦。这首构思精巧的诗作是张二棍许许多多作品的一个缩影,在对乡村、贫穷或苦难的一再书写中,张二棍执着于对痛感的发现,寻找痛感的触点,而以头撞墙不过是感受疼痛的千万种方式之一,是一种试图挣脱痛苦的手段。正是基于这样的认知,我们在阅读张二棍的时候,往往有种置身于苦难现场的逼真感,痛楚排山倒海又无力排解,显示出悲剧美学的强大感染力。

"你肯定理解什么叫束手无策／但是你,可能不会理解／一个束手无策的人／你也不会理解他／茫然,无助的样子／他蹲在墙角／一遍遍揉着头发,和脸／像揉着一张无辜的报纸"(《束手无策》)。这世上让我们感到束手无策的事真的很多,但这就是命,活着不过是运气使然。揉皱的报纸在风中翻卷,但没有哪一桩苦难能轻易地随风而逝。

附:张二棍诗选

张二棍,本名张常春,1982年生于山西。现为某地质队工人。2010年开始写作诗歌。2015年参加《诗刊》"青春诗会"。出版有诗集《旷野》。

六言

因为拥有翅膀

鸟群高于大地

因为只有翅膀

白云高于群鸟

因为物我两忘

天空高于一切

因为苍天在上

我愿埋首人间

哭丧人说

我曾问过他，是否只需要
一具冷冰的尸体，就能
滚出热泪？不，他微笑着说
不需要那么真实。一个优秀的
哭丧人，要有训练有素的
痛苦，哪怕面对空荡荡的棺木
也可以凭空抓出一位死者
还可以，用抑扬顿挫的哭声
还原莫须有的悲欢
就像某个人真的死了
就像某个人真的活过
他接着又说，好的哭丧人
就是，把自己无数次放倒在
棺木中。好的哭丧人，就是一次次
跪下，用膝盖磨平生死
我哭过那么多死者，每一场
都是一次荡气回肠的
练习。每一个死者，都想象成
你我，被寄走的
替身

在乡下,神是朴素的

在我的乡下,神仙们坐在穷人的
堂屋里,接受了粗茶淡饭。有年冬天
他们围在清冷的香案上,分食着几瓣烤红薯
而我小脚的祖母,不管他们是否乐意
就端来一盆清水,擦洗每一张瓷质的脸
然后,又为我揩净乌黑的唇角
——呃,他们像是一群比我更小
更木讷的孩子,不懂得喊甜
也不懂喊冷。在乡下
神,如此朴素

穿墙术

你有没有见过一个孩子
摁着自己的头,往墙上磕
我见过。在县医院
咚,咚,咚
他母亲说,让他磕吧
似乎墙疼了
他就不疼了
似乎疼痛,可以穿墙而过

我不知道他脑袋里装着
什么病。也不知道一面墙

吸纳了多少苦痛
才变得如此苍白
就像那个背过身去的
母亲。后来，她把孩子搂住
仿佛一面颤抖的墙
伸出了手

静夜思

等着炊烟，慢慢托起
缄默的星群
有的星星，站得很高
仿佛祖宗的牌位
有一颗，很多年了
守在老地方，像娘
有那么几颗，还没等我看清
就掉在不知名的地方
像乡下那些穷亲戚
没听说怎么病
就不在了。如果你问我
哪一颗像我，我真的
不敢随手指点。小时候
我太过顽劣，伤害了很多
萤火虫。以至于现在
我愧疚于，一切
微细的光

黑夜了，我们还坐在铁路桥下

幸好桥上的那些星星

我真的摘不下来

幸好你也不舍得，我爬那么高

去冒险。我们坐在地上

你一边抛着小石头

一边抛着奇怪的问题

你六岁了，怕黑，怕远方

怕火车大声的轰鸣

怕我又一个人坐着火车

去了远方。你靠得我

那么近，让我觉得

你就是，我分出来的一小块儿

最骄傲的一小块儿

别人肯定不知道，你模仿着火车

鸣笛的时候，我内心已锃亮

而辽远。我已为你，铺好铁轨

我将用一生，等你通过

挪用一个词

比如，"安详"

也可以用来形容

屋檐下，那两只

形影不离的麻雀

但更多的时刻,"安详"
被我不停地挪用着
比如暮色中,矮檐下
两个老人弯下腰身
在他们,早年备好的一双
棺木上,又刷了一遍漆
老两口子一边刷漆
一边说笑。棺木被涂抹上
迷人的油彩。去年
或者前年,他们就刷过
那时候,他们也很安详
但棺材的颜色,显然
没有现在这么深
——呃,安详的色彩
也是一层一层
加深的

后 记

两年前，我应邀参加青海湖国际诗歌节，回来后写了一首羞于示人的诗，但这首诗里面有一个好句子，现在我把它挪来作为这本书的书名：神的家里全是人。在我看来，这句话部分传递出了当代汉语诗歌的内部信息，也能部分窥见当代汉语诗歌的内部景观：一方面诗歌依然是我们这个愈来愈世俗化的国度里惟一具有神性的艺术载体，具有拯救世事人心的奇妙力量；另一方面，从事现代汉诗写作这项工作的人已经不再具有神秘性，诗歌的世俗化倾向既拓展了诗歌的内部空间，又让这个空间显得过于杂芜和凌乱，亟需反复梳理，才能保持它应有的格局和活力。

这些年来，由于主持《汉诗》这本连续出版物的缘故，我有幸接触到了当下汉语诗歌最具活力和创造力的这一群体，从"60后"到"90后"，我和《汉诗》一道见证了这些诗人的成长。所以，当腾讯文化总监张英找到我的时候，我并没有太多的犹豫，就答应帮他们主持"诗刻"这个专栏，每周一篇推荐一位诗人，在"华文好书"公众号上推出，没想到反响这么好，成了他们的"流量王"。

严格说来，我所选取的这40位诗人并不一定就是同年龄段中写得最好最有影响力的诗人，相反，我更愿意把目光定焦在那些已经写得很好了，却不一定为外界认知的写作者身上，因为从他们这里，读者更能洞见汉语诗歌写作的真相；同时，考虑到百年新诗成长的多样性，我在选取解读对象的时候，也尽可能充分客观地顾及到诗学风格的多样性。我愿意把他们视为这个时代汉语诗歌写作最清晰的切片，努力在同质化写作倾向越来越严重的症候下，找出一张张异质化的面孔。

感谢腾讯文化，没有他们的再三催逼，就不会有这样一部书的出现。

2017-3